谁不曾历经有悔，谁不曾惶然无助，
没什么大不了，相信你能挺住、前行，一定！

你的青春必须带点有悔

安子◎著

中国致公出版社
China Zhigong Press

图书在版编目(CIP)数据

你的青春,必须带点有悔 / 安子著.
—北京 : 中国致公出版社, 2017

ISBN 978-7-5145-1034-8

Ⅰ. ①你… Ⅱ. ①安… Ⅲ. ①随笔—作品集—中国—当代
Ⅳ. ①I267.1

中国版本图书馆 CIP 数据核字(2017)第 083272 号

你的青春,必须带点有悔
安子 著

责任编辑: 何江鸿
责任印制: 岳 珍

出版发行: 中国致公出版社 China Zhigong Press
地 址: 北京市海淀区翠微路 2 号院科贸楼
邮 编: 100036
电 话: 010—66168543(发行部)
经 销: 全国新华书店
印 刷: 北京温林源印刷有限公司
开 本: 880 毫米×1230 毫米 1/32
印 张: 7
字 数: 180 千字
版 次: 2017 年 7 月第 1 版 2017 年 7 月第 1 次印刷

定 价: 36.00 元

序言

某年夏天，我下决心将我的文字结集，妻子陪我去了神农架林区，下榻房县天悦温泉酒店。妻子说这是她一生中最幸福的时光，因为她“有野生的东西可吃”。

在一个大清早，凌晨四点起床，我们去城关镇赶集，为的是买到真正野生的鱼。天还未亮，房县车站门口那条街上就聚集了十多个鱼摊。卖鱼的清一色是离城关不太远的村民，他们一般头天晚上到河沟、田间捕鱼，第二天一大早赶到集市。这个集市是个“黑市”，到天亮六七点散场。

天还未亮，我们借助手机电筒光看塑料桶里的鱼。鱼种不多，都是常见的鳝鱼、鲫鱼、泥鳅、黄骨鱼、田蛙等，较大的是滑滑的鲶鱼和黑黑的才鱼。最可爱的是仍然在水里成群游弋的小鱼小虾，特别的小。还有甲鱼，没有长大，在桶中乱爬。妻子循着鱼摊一个不漏一路看去，开始依据当地人传授的方法鉴别是否野生。因为这些鱼个头不大，且不等大，有的还带着溪水鱼特有的绿苔，所以特别容易辨认。由于捕获的鱼儿特别少，价格比较公道，村民们赚不了几个钱，也就补贴点家用而已，所以基本上没有假冒野生的。

我们买了些鳝鱼、黄骨鱼、泥鳅和四个不到一斤重的甲鱼。买来几个塑料桶，将出租车尾箱装得满满的。妻子一路都极兴奋，一回宾馆就将塑料桶放到房间内温泉池的水龙头下，忙不迭地给塑料桶换水。我们将黄骨鱼放在洗手间的面盆里，便于观赏。接下来的几天里，我和妻子一回到宾馆，就在温泉池和洗手间之间来来回回无数趟，拿起手机就拍，发微信给亲友，爱得不得了。

妻子几乎每天都坚持回宾馆用餐，因为熟识的酒店经理给厨房部特意说过，愿意为我们单独加工野生鱼类。干煸泥鳅，黄骨鱼豆腐汤，青椒鳝丝，红烧鲶鱼，连我这个不怎么喜欢吃鱼的人也大快朵颐，妻子更是大赞特赞。每到用餐，妻子必须拍照留存。

在神农架的燕子垭风景区，我们游览了燕子洞。燕子洞里乌漆麻黑，导游拿着大功率手电筒带我们进去，见证了这种身长 16 厘米左右的短嘴金丝燕。这些金丝燕本是在南海边的沙滩上吃着小鱼过日子的，可它们现在一年四季都生活在神农架，当地优厚的自然环境使它们失去了原先南飞北迁的候鸟特征。

燕子洞长约三四千米，洞内冬暖夏凉，洞壁光洁湿滑，干燥的石壁处挂满燕窝，对应的地上散积着黑黑臭臭的燕子屎。导游介绍里面栖息着数万只短嘴金丝燕，但它们飞进飞出时却从不相撞，飞进走一边，飞出走一边，仿佛约定俗成。我很惊奇这种野生鸟类如何能在这种原生态下保持它们内在的秩序。

从燕子洞这里到彩虹桥，要经过峭壁上的一小段路。我们在这里终于目睹了渴慕已久的红豆杉、崖柏等国家保护物种。有的已遭砍伐，但硕大的树蔸上长出了新枝绿叶。特别是崖柏，在这儿已是屈指可数了。

崖柏发烧友可谓柏痴，我是菜鸟柏痴。旅游结束，一回到深圳我就彻夜研究崖柏，之后做出了一个深刻影响我后半生的重大决定：收藏崖柏。于是，在某拍卖堂上，我彻夜守候，指望拍到我的心仪之物，并指望它将来能大幅升值。一个月里，我花了大约一万五千元，收了四个观音、六个达摩、五个弥勒佛、两个笔筒、几个小把玩件，还有三个带玻璃框的大件崖柏雕刻件，外带收了一大堆枯枝乱根，本心是等有时间自己学根雕艺术。

但是，一个月后遭逢妻子的坚决反对，反对的理由有三个：其一，崖柏雕件都是神，神好接不好送，不得乱请；其二，屋子都塞满了，窗台上、桌子上、箱子上、玄关上都摆满了，没地方放了，崖柏毛料暂时借了亲戚家的毛坯房来放，但别人很快要装修；其三，当然最主要的，是钱啊！出价的时候手疾眼快，接下来就是忐忑不安，因为网上图片与实物有较大差距，商家托儿多，又不讲诚信。如今想起，这两个多月狂热的过程，再次印证我这个人做事比较冲动。不过，人生也难得几回冲动吧！想剁手还真没那么容易。妻子断了我的粮草之后，我又迂回曲折地“骗”来一些钱，零星收藏了一些，其中有两个我特别喜欢的分别刻有荷叶和梅花的笔筒。还有一件造型极为奇特的双色弥勒佛以及一尊面相可人的观音，由于我的犹豫不决而失之在最后几分钟，直到现在我还在懊悔。

平心而论，崖柏有三绝：一绝是其抱石走隙，长在高海拔地区的悬崖绝壁之上，迎风傲雪，壁立千年万年，死而不朽；二绝是其生死相依，白色生料与陈化死料完美共存，据说这些死掉的陈化料还为活着的生料提供丰富的营养；三绝是其清香诱人，按说悬崖绝壁之上，风吹日晒，霜打雨淋，早已香消云散，可事实反之。崖柏香主要有奶香味和药香味，都比较清淡，但极其纯粹。我喜欢崖柏，除了其色纯粹，其香清冽，还因其质紧致，其纹细密，其形独特，没有重样。

在神农架，我印象较深的还有神农顶原始森林里树上披拂的绿色树苔、覆盖在神农溪的卵石和树上的青苔，那清新、湿润、嫩茵茵、绿油油的样子真是令我沉醉。我忍不住小心翼翼地徒手抓了一大袋子苔藓，带回了我生活的南方，试图在我的盆栽里延续它们的生命，寄寓我的爱恋。

回首整个旅程，我们一直在寻找野生的一切：野生的溪水鱼、野生的百花蜜、野生的房县木耳、野生的红豆彬、野生的崖柏。完完全全的野生，正是吸引我的地方。我喜欢世界上一切天生天养的东西，因此我也尽可能地散养自己，放牧自己的灵魂。

为什么我们每个都市人，在潜意识里，都深入骨髓地偏好野生之物？是否折射出了现代都市人共同的不舍或憧憬？这只能说明“原生态”太重要了！

法自然，法崖柏，法苔藓。它们全都在原生态环境下，长势良好，真是羡煞人了！我觉得，无论是青春，还是爱情，都还是野生一点好。可以说，青春期最绕不过去的，占据青春生活主要地位的，恐怕非爱情莫属。爱情在青春期表现得最迫切、最浓烈，但要参透爱情，消化爱情，恐怕要用一生的时间。

莫道青春无悔，只是悔也悔不回。青春，带有浓厚的试错的意味，要继续成长，要走上正轨，还是略带点悔为好。

这是一本致敬青春的书，由于我在《现在所受的苦，要配得上未来的从容》和《看得见的幸福，未必恰到好处》两本书中，散乱地将有关青春的内容写了不少，所以这本书就专注“谈情说爱”。

当然，这本书不是什么“爱情宝典”“爱情指南”，只是我个人对青春与爱情的所感所悟，所思所想！

是为序。

安子

目录

2 初恋

一场提心吊胆的无谓担忧

3 温柔

什么香都香不过温柔

4 浪漫

我要你的灵魂认识我的灵魂

5 真爱

爱情是一种信仰

6 守则

爱情如果变节了

7 思念

多情是一种刑罚

8 纠结

无爱不纠，无情不结

9 疼痛

无爱不痛，无痛不爱

11 冲动

荷尔蒙是生命礼物

12 暧昧

潜伏的爱

13 好色

14 两性

1 爱情

心造的美丽

三毛论及爱情与婚姻，说道：“爱情有如佛家的禅——不可说，不可说，一说就是错。”泰戈尔说：“爱情是个无穷无尽的奥妙，因为连它自己也说不明白。”在我看来，爱情也不是不可说，而是“不由分说”，特别是“不由你说”。对于另外一个人来说，爱情永远“置身事外”，因为你根本不可能把控对方爱不爱你，爱你多少。爱不爱你，爱你多少由得你说么？爱情如水，无孔不入，所以爱情流经的地方，最怕跑冒滴漏。吊诡的是，偏偏这又是难免的。

无爱一身轻吗？

男人、女人来自两个星球，相互吸引又相互排斥，相互依赖又相互猜忌，磨合得称心如意真心不容易。爱是否是必需的呢？

临济禅师说："无事是贵人。"意思是心中无事就天下太平，没有舍不掉放不下的人，没有特别亲特别怨的人，所以无事者不会伤害任何人，反而对任何人都有益处，因此无事者是"贵人"。

我对此特别赞同，但我的朋友告诉我："无事还不行，还得无爱。"我问他何出此言，他说："有爱太痛苦了，我经历了十多桩恋情，发觉每一桩最后都是伤害。所以无爱才能无事，有爱是不可能无事的。有爱的话，总有一个人在那儿，像个吸血鬼，耗竭你的精血。"

人是不能无爱的。有些人主张"无爱一身轻"，我想他大概是被爱伤过，而且伤得不轻才会如此说。有过如此经历的"无爱"之人，如果感受不到孤独，就一定是残忍之人。完全、绝对无爱之人若非精神病患者，就难以理喻，这样的人不是魔鬼又是什么呢？

有爱使人着魔，无爱使人成魔。好的爱情使人变得柔善，远离兽性与魔性。可见，爱情还具有升华人格与精神品质的功能。显然，我朋友说的话有以偏概全之嫌，爱情总的来讲永远是积极因素多于消极因素。

爱一个人，与其说是身体的吸引，倒不如说是对人格魅力的向往。所以，好的爱情是会使人高尚起来的。当然，爱情本身不必然使人高尚，如若个人没有提升品质的意愿并切实付诸行动。

爱是补足与升华，好的爱情找不到使人向恶的理由。爱是激励与创造，好的爱情同样也找不到使人向下的理由。

坚如磐石，韧如蒲丝

爱情值得守候，前提是那个人的信任。忠贞是对爱情道德层面的要求，其实并不代表别的什么。忠贞的人不一定一好百好，“忠贞”这个词本身就值得考察。

一位女孩子问我：“爱情的力量到底是大还是小呢？说大，我男朋友就因为分居两地而放弃。相对于爱情来说，两地分居真是什么大问题吗？”

爱情的力量的确是很大的，大到有人愿意为爱私奔，甚至为爱赴死。但是，这并不是理性的爱情。抽掉理性，就抽掉了爱情的保险带。抽掉感性更不行，因为没有感性就没有爱情。爱情的力量是巨大的，主要表现在于爱情对人的改变与升华作用。但这种改变与升华建立在对对方的尊重和接纳基础之上，而不是为你付出一切才算是巨大。对于对方来说，还得考虑值不值得，现不现实的问题。

爱情这种特殊的生物，信任是它的土壤，坦诚是它的水源，浪漫是它的空气，热情是它的阳光，泪水是它的养分。爱情包罗万象，交织着酸甜苦辣、爱恨情仇。也许正是爱情能够兼容并蓄，才能坚如磐石，韧如蒲丝，成就千古绝唱。

不错，爱情虽是强大的，却又有一种弱不禁风与泪流满面的脆弱。

脆弱又怎么样呢？脆弱不是正好印证了真爱的高尚吗？那种委屈的泪水，背负委屈也要爱的韧劲，都能感动自己。

甜言蜜语不靠谱

没有人迂腐到真的将爱的诺言记录在案。海枯石烂的爱情誓言也只是让人高兴一下，求个心安。

有一位女孩子非常不爽，因为男朋友明明有些事情可以直说，却几乎只说一半，说出的这一半还要经过各种修饰，或者刻意加糖增加腻味，或者干脆寡淡无味。

她问我："他这是爱我么？不爱我么？爱我的话就和盘托出啊？"

我告诉她：爱不可能长期隐藏起来，总是不经意地露出痕迹。同样，不爱也不会长期地伪装，因为眼神已淡了爱的光芒。

有时候，经过那人身边的时候，都不会走路了，脚步慌乱了。有时候，与那人交谈的时候，可能自己都觉察不到，声音自动会调到柔声细语。不爱的时候，你甚至连看都懒得看那人一眼，厌恶的情绪会顺着眼角的余光渗出。

爱情中有多少谎言，又有多少谎言其实饱含着真爱与无奈？说不爱其实是爱，说爱其实是抹不开面子，不想让曾经爱过的人感觉到痛。

真爱的语境中，说出的当然是真心话，但是这些真心话未必客观，因为爱情总是夸大其词。所以，爱才是最实在的，甜言蜜语有时不靠谱。我觉得，与其想着怎么甜言蜜语，还不如发自内心地对她好！

多数女人听到甜言蜜语就犯迷糊，这源自人都愿意听赞美，听悦耳之辞。女性倾向于将自己当孩子，所以更愿意听好话，听爱的絮语。在爱情中，女性天生会将自己当成受宠爱的一方，所以对甜言蜜语有更多的需求。一般来说，甜蜜的谎言总比令人难堪的事实来得美妙，易于接受。

年龄壁垒

老是强调年龄的人，要么是自卑，要么是卑鄙。他真心想说的话，是你年龄大了，别跟我抢了。然而他的阴谋越来越不容易得逞，因为越来越多的人并不在乎所爱的人的年龄。

一位大伯忽然间就活跃起来，在我们小区的微信圈里，转发各种微信。这还不算，他竟然跟着老伴跳广场舞；几乎每个礼拜都张罗着楼上楼下几户人家包饺子，每天晚上七点半在微信圈里吆喝大家集体散步。邻居们都被他的亢奋劲儿和天真劲儿感染了！

别人跟他打趣，他毫不隐讳地说："我儿子主动托人给我找了个老伴，这老伴好得我没办法形容。我感觉人生的第二个春天开始了！"

一个人邂逅了爱情，都会有同样的感受，就是身体好像变得轻盈起来，全身上下都洋溢着青春的气息，仿佛回到了天真无邪的童年时光。

或许，爱情自始至终都应该是天真的，天真是爱情的保鲜剂和防腐剂。

不管多老的人，涉足爱河之后，都会回到他的青春年少。这说明爱有一种能力，就是穿越一切年龄的壁垒。

真正相爱的人不会在乎年龄的差距，只要爱意袭来，铜墙铁壁都阻隔不住。爱情无视尊卑与老幼、藐视正统与权威，这正是爱情大胆而又可爱之处。

恋爱使年轻人更纯洁，使老年人更圣洁。

爱的企想

一个暗恋对方三年之久、连与对方手都还没牵过的人，竟然可以用一生来怀念初恋。我对此心情复杂，这究竟是可喜还是可悲呢？为一厢情愿的爱情，为未必合适的爱情，为完全没有结果的爱情，纯粹用想像力建起了一座爱情大厦，我们确实该悲乎其傻！

一名教师问我："我人生都过了大半辈子了，现在儿女也都长大成人了，为什么我还对我的初恋对象恋恋不舍呢？"

我问他："为什么恋恋不舍？是因为她给你太多美好的记忆？"

他答："其实也没什么啊！说起来有点搞笑。我高中暗恋她三年，和她连手都没牵过。"

竟然还只是个暗恋，手都没牵过，却可以心恋一个人数十年之久。这叫什么事呢？

爱情伊甸园，真是块奇妙的土地，能生长出各式各样的爱。这些爱，经年之后，都会成为一种珍贵的存在。在爱情的秘密花园里，那些爱的种子一直在悄无声息、无欲无求地生长着。特别是那些尚未全然死去的爱的企想，一旦找到机会，就总想冲出来。

有些爱的火苗，在当时可能活生生地给摁住了，但条件成熟了还是会蹿出来，点燃起你的美好回忆或美好想象。

心造的美丽

有了太阳的光，叶子看起来更润亮。有了爱情，人看起来更俊美。你所爱的人，可以确定无疑地说，并不是他实际的样子。爱的人纯粹是你用心造的圣像，可你却用一生来跪拜。

其实谁都知道，好些个美好的感觉，充其量也就是个感觉，佳人也未必如想象的那般动人。

沉浸于爱情中的人，往往一厢情愿地按自己的想象，绘制未来也许根本不存在或完全不可能实现的美好。

但我们又有什么办法呢？深陷爱情的泥沼不能自拔的人，本就是患了“美好强迫症”。

从某种程度上说，爱情就是一种心造的美丽。

爱情光怪陆离，看起来那么耀眼夺目，只因人们常将头晕引起的心悸当作心醉，将目炫引起的眼动误作心动。

就像万花筒里绚丽多姿的图案，其真实素材不过几片碎纸屑而已。

然而，身陷爱情的人，有多少能洞悉它的真相呢？

爱情之美

爱情之美总是被无限放大，无限覆盖，甚至于到了疯狂和荒谬的地步。爱情是天然的美容师，涉爱的一切都化了妆。

物件之美，首要的是干净，没有尘垢污秽。友爱之美，首要的是纯净，没有利益纠葛。爱情之美，首要的是纯真。爱情之中，人们并不会青睐精于算计或品行龌龊之人。

爱情首要的品质是纯真，包括单纯与真诚。如果有那么一个女孩单纯得令人心疼，真的得好好珍惜，而不应有任何非分之想来玷污她的单纯。特别是当她的性意识还没有突显出来的时候，要好好呵护，用心尊重才对。

单纯是一种心理状态，不是年龄大了单纯就一定会消失。

与单纯接近的一个词儿，是清纯。清纯是年轻人的特权，因为清纯一词具有明显的年龄特征。成年人装清纯有东施效颦之感，但成年人的内心还是可以保持清纯的。

清纯是不老的，如同汉白玉一样品质高贵。爱情有抗身心衰老的奇特功效，所以老年人谈恋爱是值得祝贺的事。

好的爱情有一种使人返老还童的能耐，当然再怎么有能耐也不能使人变得清纯。

但可以肯定的是，好的爱情可以使多老的人都变得单纯起来。

肉体没地位

人首先是动物，其次是个奇怪的动物。为什么这样说？因为即使两人不爱了，仍然还可以迷恋对方的肉体。假如对方足够性感，其肉体仍然有话语权，爱情仍然有希望起死回生。

不少人为在谈恋爱的时候，如何注意精神与肉体的距离或分寸伤透脑筋，经常在与恋人的接触中领错情、会错意，引起对方的不满或疑问。

“我没办法规定肉体与精神投入的比例，好像我的女友是无性生殖的，对我的性要求完全不理解。

“可不可以帮我在头脑里装一个开关呢？就将生理冲动关死，她要的都只是纯粹的精神恋爱。”

爱情起始于肉体，为避免尴尬，扯上了“精神”这块遮羞布。于是，肉体崇拜让位给了精神崇拜。

刻意回避肉体在爱情中的应有地位的状况，减缓了人们对肉体的自然需要，阻遏了人们对肉体魅力的探求。

爱情稳定发展后，迟迟不给肉体应有的地位，肉体会自动抗议。

再说，长期没有肉体的地位，爱情是不真实的。肉体是爱情的载体，爱情是肌肤的芳香。

肉体爱的独立性问题

有些女性特别强调爱，爱是可以考虑上床的前置条件。这可能是女性担心若不设置这个条件，自己就掉了身价，使人感觉轻浮、淫荡。正是这样，在女性那里，肉体爱的独立性问题一直解决得没男性洒脱。

什么是纯粹的爱情呢？

在多数男人的眼里，纯粹的爱情就是“一夜情”式的肉体爱，或者柏拉图式的精神爱，硬要将二者捆绑在一起就不纯粹了。

可是在女人的观念中，却是另一番光景，多数女人不能接受没有感情的肉体爱。倒是，多数女人好像都能接受纯粹的精神恋情，至少在爱情的初始阶段如此。

女人需要的精神恋爱多一点，男人则更需要肉体之爱。肉体与精神是很难完全分得清楚的。

何况，肉体之爱是人的本能，如何能够轻易阉割？

所以，“装个开关”既是不可能的，更是没有必要的，还是顺其自然吧！

无论是肉体还是精神，只要做到紧密贴合，就是全身心的春暖花开，就是全世界的风光无限。

浓情淡爱

爱情的浓与淡不好刻意划分，更不易控制。再说，由浓走淡易，由淡及浓难，顺其自然得了。爱情浓一点好，但切忌过浓。因为爱情是心潮，有时却比海潮来势凶猛，可能冲决你的理智，冲毁你的事业，乃至淹没一切。

一对小情侣闹矛盾了，男生抱怨说：“我是个感性的人，我觉得爱情就要轰轰烈烈，不顾一切。可她总是这也不行那也不行，太理性了。”

原来，他订好了加、美十日游，订金都付了，本想给女友一个惊喜，没想到她不但不领情，还说男生“胡来”，他觉得特别委屈。

后来了解到，女生很看重工作，将工作看得比爱情重要。她很难请假，至少也得提前一个月才能请动假。

可男生不理会这些，觉得爱情是第一位的，工作可以再找，他一直渴望着与女友来一场说走就走的旅行。

爱情是浓烈点好，还是温柔点好，抑或是淡雅点好？

浓烈的爱，好比酗酒，酒醒后的头疼、恶心、难受，早已代替了饮酒时的热情洋溢。而淡雅的爱，好似凉白开，虽然单纯一色，滑入口中，才是幸福的滋味。

浓烈的爱如熊熊大火，很快就燃尽，唯余尴尬和惆怅，甚至厌恶和痛苦。而柔情默默的爱和煦温暖，如缓缓释放光热的炭火，令人期盼。

浓的是情，淡的才是爱。

爱情的土壤

爱情的土壤不在原生家庭，甚至也不在对方那里，而在于自己的内心。认知不狭隘，爱的疆土就辽阔。观念勤更新，爱的土壤就肥沃，透气性也更强。

现时的“爱情理想”不少具有迷惑性，有的严重脱离现实，变得不太理性。

谈恋爱就得“来一趟说走就走的旅行”，父母不同意就“私奔到天涯海角”……这些少年意气，怎么能应用到以婚姻为目的的恋爱呢？

恋爱的确要有激情、要有浪漫、要有惊喜，但爱情也要安全持久。

爱情扎根现实的土壤，才会有更好的长势和收获。

爱情是热烈的，但不必是烈焰熊熊。爱情是高调的，但不必惊天动地。

最动人的爱情犹如深夜里雨打芭蕉一样引起心的轻颤，静谧、低调、隐微。

无须大肆铺陈，无须挥毫泼墨，犹如一幅淡雅的国画，藏而不露，隐而不显，喜乐自在心中。

娇羞是花之语

叔本华说："恋爱进入了更深一层，人的思想不但非常诗化和带着崇高的色彩，而且也具有超绝的、超自然的倾向。"爱情如此神奇，赋予万物以神力，赋予相恋的双方以娇羞。古罗马奥维德说："由羞怯哺育出来的爱情，与天地共存。"

有人说，恋爱中的女人最动人。那么，在她们动人的气质之中，最能令男人着迷的，是哪几种呢？

可能每个男人的诉求都不一样吧？最能使我迷醉的，是优雅、羞怯、矜持与静谧。

优雅的爱是含而不露的美感，而不是一览无余的美丽。

羞怯，无疑是爱情最动人的品质，但羞怯不是装出来的。女人自然呈现的娇羞，是花之语。

矜持，因为与人保持一段合适的距离，显得朦胧、优雅。矜持总是为女性平添一份神秘与美丽。女人的矜持是一种忠诚，更是一种等待。男人在矜持的女人身边，要像蜜蜂守着花开一样，一定要有耐心。

静谧，是多么好的一个词啊！我喜欢阳光，阳光明媚固然很好，若是可以，我将更享受两个人的夜深人静。不是喧嚣，不是歌唱，甚至不是柔声细语，而是心有默契的静谧。

静谧的夜里，我与你相依相偎，共看流星。

夜深了怕什么？我与你的夜，愈深愈美丽。

爱情的直觉

都说爱情是盲目的，不是爱情没长眼睛，而是爱情黏稠得使人睁不开眼睛。这并不可怕，爱情无需肉眼所见，通过对方的语音及语音传递出来的紧张或舒缓的程度，就能“心见”对方在搞什么鬼。

不得不佩服爱情的直觉。一位朋友说他与女友相识的过程，简直就是如有神助。

在一次读书沙龙上，他瞥见了她，立时就被她吸引住了。她抬头也一眼瞥见了他，并且与他的眼神相遇。有几秒钟，他俩就这么对视着，直到意识到这是在公共场所。

他看到她低下头去的时候，脸刷的从脸红到脖子。他说：“隔着桌子，我甚至能感受到她脸上冒出的热气。”

朋友是个自信的人。沙龙结束后，他就去门口找她。他说：“她一定在等我，等我要她的联系方式。”

那天沙龙结束后，女孩果然在门口徘徊。下小雨了，女孩可能是以避雨为由在等他。

爱情的直觉，与一见钟情类似，但明显比一见钟情更胜一筹。爱就像迷幻药一样，经常给人美丽的错觉。一见钟情易被表象所迷惑，但爱情的直觉似有不同。爱情的直觉似乎有穿透一切的力量，直指人海中那颗毫无察觉，却可能恭候已久的另一个人。

很神奇吧？爱情的直觉，能助人在茫茫人海中准确地寻得另一半。

爱情的直觉之所以神奇，在于自你见到那人的一刻，就知道一定会产生某种联系或发生某种关系。知道对方会想办法联系你，或者自己会主动联系对方，总之是有一种不会轻易放过的冲动和难以释怀的默契。

因为爱情，只有爱情

“因为爱情，不会轻易悲伤，所以一切都是幸福的模样。因为爱情，简单的生长，依然随时可以为你疯狂。”时隔再久也会忆起，天各一方也会守望，这一切都得益于爱情的超能量。因为爱情，只有爱情！

爱情是很难伺候的，但爱情又是容易打发的。

一位女生问我：“我是不是很贱啊？我男朋友经常会惹我生气。有的时候气得不行，都想跟他分手了。但他只要转过身搂搂我，或者抱住我给我一个吻，我的气就消了！我恨我自己，我好不经哄！”

有一次，他们发生激烈争吵，然后他像往常一样，无事人似的睡大头觉去了，留下她一个人在客厅垂泪。这一夜，她通宵未眠，将所有她的衣物装进行李箱，准备弃他而去。

第二天早晨六点，天才蒙蒙亮，她就准备出门。这时，男朋友也醒来了，推开卧室门一看这架势，就夺过行李箱，说老婆呀你怎么起这么早，是要出差么，怎么不跟我说一声，云云。然后抱着她，往她脸上脖子上一顿亲，似乎全然忘记了昨天晚上的争吵。

爱是这样：对方一个微笑就能激起心中的波澜，对方的一个问候就能将寒冷驱散。

乍看起来，爱情多么廉价。但是，正是这种感性，是最值得宝贵和珍惜的。有多少人能这样做到无怨无悔？

有多少人愿意将她最宝贝的一切如数奉献给你，而你无需支付一个铜板？

因为爱情，只有爱情。

有路可走，无路可逃

爱情是两个人一起去战斗，还是两个人之间的对决？爱情不是多对一的公开围猎，而是一对一的私密寻找，有狭路相逢、短兵相接的味道，不得手不善罢甘休。

“等我吧。”“你愿意等我么？”“给我一些时间，我将事情处理好。”

“我等你。”“我会等你的，五年十年在所不惜。”“我就是为你而生的，此生别无他求，无论多久，我都会等你。”

恋爱的时候，身边人这样的誓语比比皆是。

有些人等了，有些人转身就是背叛。有些人呢，脚踏两只船，边等边移情别恋。

实际上，爱情是急切的，像个匆匆赶路的夜行人；最不情愿的，就是漫长的等待。

然而，爱情中不可能没有等待。亦且，爱的等待给人期许，给人甜蜜，给人忧伤，给人怅惘。

爱情是相遇的奇迹，还是相识的偶然？无人说得清，偶然也好，必然也好，每个人获得爱情时，其实都早已行走在爱情路上。

不要说爱情是意外降临的，苍天的眼睛没有那么瞎。那个所谓突然降临的真命天子，难道不是你一直在默默搜寻，一直在寂寂等待的么？

爱情，是不是都有狭路相逢的味道？爱情的宿命在于：有路可走，却无路可逃。

爱情更像是缘分，与等待无关。没有缘分，等得再长也是枉然。

“等”字太残忍

原本你最喜欢的歌，我只能唱给别人听。我忆念着的，你已经忘却。“彼年豆蔻，谁许谁地老天荒。”曾经付出的等待，值得么？这世间还买不了“爱情险”，即使设立这一险种，其免责条款也会多过双方的权力与义务。

采撷最美的花粉，未必能酿成最甜的蜜。与其四处留情，八方碰壁，还不如躲在角落里发呆，耐心等待。不是吗？荷叶亭亭姿，自有蜻蜓立。

于是，许多人习惯等待。等待是对自己，也是对别人的承诺。“等”这个字很重要，也很沉重。“等”这个字很冒险，因为机会成本很高。“等”这个字太不负责任，若没有固定期限。“等”这个字太煎熬，若是希望渺茫。

有些人，等了一辈子，悲怆了一辈子。从青丝等成白发，最终也没等到意中人的到来，或者老情人的回心转意。

无论如何，对于相爱的两个人来说，说出“等我”这两个字，一定要慎重，等待的一方也要认真听取，仔细掂量要不要等，以及要等到什么时候？

等待就一定有结果吗？“守株”一定能等来“兔子”吗？可不付出等待，又怎知没有结果？

爱情是我们想要坚守，却不断丢失的光年。但愿真爱在善待与等待中出现转机或奇迹。因为心中有爱，坚守不再是煎熬。

将“爱奴”做到底

一个非常爱你的人，总是勇往直前地冲在你前面，竭尽全力第一时间满足你的需求。有时好心做了错事、坏事、怪事，被对方呵斥、鄙视，乃至侮辱，不必委屈、伤心、流泪，就当是为对方做菜，不小心切到了手指，痛的是自己，感动的也是自己。

真正伟大的人物，理论上都是应该为爱情而发狂的人，实际上这种事情却从来没有发生过。因为伟大的事业抑制了这种情感，而坚定的信念又遏止了这种冲动。

我一位朋友开了一家印刷厂，有一定规模。他的女友有才气，梦想是当作家。

他一直准备着为她印印印，她也一直在写写写。但是，女友是完美主义者，作品总是出不来。男友每天都心痒痒，不停地问：“差不多了吧？”“快好了吧？”“该杀青了吧？”女友非常烦，对他休书一封，说：“你还是去搞你的印刷事业吧！我没必要为印一本书嫁给一个印刷厂！”

朋友辩解说：“哪里呀！你就是我的事业，我做大印刷厂了就是做大了我的事业，既可以印你的书，又可以赚钱，赚了钱你就不用那么辛苦写书啊！”

这位朋友显然不理解女友写作之乐，他只看到她表面上的苦。他更没弄清楚爱情与事业的关系。他承认他目前是太看重爱情了，他不知道是该做爱情的主人，还是该做爱情的奴隶？

我满欣赏我朋友对爱情的感性态度的。能理智到做爱情主人的程度，还能是真爱吗？而只要是真爱，心甘情愿做“爱情的奴隶”又有何不可？

爱情变幻莫测，有时候就完全失去了方向。也许爱情本身不需要方向，只会更深更深，或者更远更远。

以卵击石

有的人想挽回爱情，闹得阵仗很大，然而想打赢爱情这场硬仗可不容易。有时候，你越努力对方越是远离。你因此气急败坏，感觉全世界都在与你为敌。想挽回一个铁了心不爱你的人，无异于以卵击石。

在爱情面前，我们心甘情愿地放弃抵抗，缴械投降，甚至迫不及待地叛变投诚，以身相许。爱情不知道施展的什么魔法，使我们不知不觉、轻而易举地就成了爱的囚徒。

爱情之役中输得最惨的，往往是伊始就打开“武器库”，或者倾其十八般武艺全身心投入的人。这样的人，很快就能体验到弹尽粮竭的无奈与无力。

一位才貌俱佳、土生土长、英国留学归来的沪上女子，为了追逐爱情，在一帮朋友的鼓励下，不顾父母的反对，决意来到深圳。

五年后，她孑然一身、伤痕累累地回到了上海父母的身边。疯狂追逐爱情的结果是一无所获，反倒患上了轻度抑郁。她在深圳这块曾留下火热恋情的土地上度日如年，但对一直在回避她的男友仍然心存幻想。

那些鼓吹爱情至上、赞颂为爱情飞蛾扑火精神的人是极其不负责任的，他们似乎蓄意将本就视爱如命的人推向万劫不复的深渊。

但是，我们还是不能指望爱情非常明智。爱情一旦明智起来，就会使爱变得平淡无奇。更何况爱情本身就是感性的，若只剩下理性，相信离不爱已不远了。

不过呢？凡事总有个度吧？过度了，就不好了。明明知道自己只不过是飞蛾，干嘛非得去扑火呢？明明知道自己脆弱得如同一枚鸡蛋，干嘛非要击石呢？

爱太多，难透气

有些人过于自信，以为越爱对方就越欢喜，其实这是一种无知。爱情中像这样一厢情愿的无知多了去了，总有些人头脑简单，认为爱给的越多越好。浓情密意，自己藏着至少会感动自己，给到一个不想要的人则异常廉价。

不要责怪爱你的人要得太多，那往往也是爱得太深。对于有些恋人来说，太贫瘠的土地她生存都困难、太稀薄的空气她真的没法活。当一个人爱你，胃口自然是最好的时候。

但是，爱情这厮也是个不好满足的主，给得太多或给得太少都可能引起对方的反弹。再者，爱不是仅凭你愿意对对方好这么简单，因为你不知道对方愿不愿意你对他好。爱也不只是脾性与生活习惯合得来就可以，更要求整体的感觉能顺利地对接。

我曾经在加拿大旅游时，在旧书店看到一本英文书，书名是 *LOVE IS TOO MUCH*，深为受用。当时就买下来了，准备翻译给国人。后来有事耽搁，没能如愿。再后来，国内就有了翻译版本了。

一直以来国人或者爱太贫，因为不敢爱；或者爱太多，一给就给个倾家荡产，一拼就拼个鱼死网破。爱情，成为许多人颇为棘手的事情。

确实，爱太多未必是好事，重要的是爱的质量和给予的时机、方式。爱的给予是门学问，若是你所给的非对方所要的，若是你给得太少或者给得太多，若是你给得太早或者给的太迟，效果都可能适得其反。

当你疑惑为什么自己给出了那么多的爱却唤不回那人的真心，当你疑惑为什么你越给那人越不爱，是不是该好好思索一下是否给的东西质量不怎么样，或者给得不怎么合对方的胃口呢？

奇怪的“爱情逻辑”

别人并不爱你，而你却不生退意，非得死缠烂打，觉得自己这么好，别人不爱你简直是毫无道理。真正不可理喻的是你，真正懂爱、会爱一个人是绝不会胡搅蛮缠的，更不会由爱生恨。

爱你就是奖赏，不爱你就是侮辱。这是多数人的“爱情逻辑”。

我也犯过类似的错误。高中的时候，我恋上同班一位穿着碎花棉布衬衣的女生，她家在城关镇，老妈在电影院旁边开了个小卖部。我费尽心机，让她的一位闺蜜给她看到了我的日记，实际上就是借机向她表白了。她给我回了一封情真意切的信，勉励我好好学习，应付了高考再说。

这封信被年少轻狂的我误读为拒绝，感觉非常没面子，竟然由爱生恨、恼羞成怒起来，不理解她为什么可以不爱我。像是受了什么奇耻大辱，我甚至策划着让我朋友去邀约镇上的混混去砸她妈妈开的小卖部。

其实，想想别人为什么非爱你不可？爱是油然而生的心动，不是必须由着你的。在人们许下的所有愿望之中，爱可能很难“心想事成”。

爱你是你的运气，不爱你也该自己默默承受。不是说你爱他，他就会爱你。不是说你优秀，他就得爱上你的优秀。不是说你最厌恶的人，他就不能偏偏喜欢上。爱情是普天之下最没有逻辑、最不讲道理的情感。他就是不爱你了，你能如何？

想想当时的认识真是幼稚可笑。不爱你，怎么就成了侮辱呢？显然不是，只不过是你的自作多情罢了，别人压根儿都没在意过你，犯得着侮辱你吗？

2 初恋

一场提心吊胆的无谓担忧

◤ “中心藏之，何日忘之。”《诗经》对初恋做出了最好的阐释。初恋的日子里心总是潮湿，岁月总是隐晦不明。你的手如月般冰凉，我的眼如夜般沉静。人的一生中，初恋可能不止一次。每次全情投入、真心相爱都是初恋。初恋是信笺上的泪痕与唇印，是枝上的玫瑰及心上的刺。关于初恋，有谁能说得比泰戈尔更好？“爱的赠礼是羞怯的，它从不肯说出自己的名字；它轻快地掠过幽暗，沿途散下一阵喜悦的震颤。” ◢

傻傻柔柔的感觉

好风总是轻轻的吹，好雨总是徐徐地下，好事总是缓缓地来。最扣人心弦的歌曲，总是浅唱低吟，伴轻拢慢捻，悠悠绵绵，如佳人那样低眉顺目，极尽娇羞与妩媚。

每一段感情都有一个微不足道的开始，并且隐匿不见。

只因那一日海边骑行萍水相逢，你莞尔一笑的羞涩便尽藏我心底，莞尔一笑，你的羞涩尽藏我的心底。

斗胆要了你的联系方式，这是我今生最明智的选择之一。

那开始的莫名其妙的兴奋与傻笑，提醒我这是一个恋爱的季节。恋爱的季节多美啊！在每一个深睡或轻眠里，总低回着一首歌。

心中有爱的时候，想法也是奇奇怪怪的。当你说的话变得傻傻的，柔柔的，那就是已经进入了初恋吧?

进入初恋，仍然是天真无邪，却不再无忧无虑。总是有些记挂，也总是有些担心。记挂着你的一举一动，记挂着你在乎的人、你喜欢的一切。

小幸福开始了，小纠结也纷至沓来，担心别的人也会喜欢你，更担心你喜欢上别的人。

被爱穿上了“小鞋”

初见那个人的时候，眼前一亮，心头一紧，接下来羞红面颊，热上耳根。心头紧，就全身紧，前所未有的畏畏缩缩，前所未有的谨言慎行，像是对神的敬畏，怕稍有冒犯，佳人就拂袖而去。

爱上一个人，那是给自己穿小鞋。干什么事都是小心翼翼的，特别是在你面前的时候，总难掩饰脚步的慌乱，口齿也失了伶俐。

你说小时候你家后面有一块枞林，那块枞林里长枞树菇么？小时候妈妈给我用枞树菇下面条，我最爱吃了。你说你们村里有条大黄狗，那你坐在门墩上吃饭的时候，它会与你争食么？

不知为什么，喜欢上你后，老是想象童年的你是个什么样子。初恋所看到的对方，大概都是他童年的品质与小时候的样子吧？

爱上一个人，那人就在你心中住下了。你走到哪里，似乎爱都会与你同步，连睡觉上厕所都不例外。

爱意悄然袭来，你甚至浑然不觉。一旦惊觉，所爱的人已不知不觉在你心田里玉树临风。

爱是一粒种子，会在你心中长成一棵树。在不大的世界里，这棵树就是你的全部。你当然给不了对方全世界，但你绝对愿意给出自己的世界。

也爱你脸上的痘痘

如果你想挑战“人无完人”的说法，寻得一个百分百完美的人，恐怕只有在初恋的时候。初恋的时候，迫不及待的爱，自带美化工具，粉饰了对方脸上所有的坑洞，使恋人看起来那么完美无瑕，赛若天仙。

爱情有的是随风潜入夜，有的是无心插柳柳成荫，但更多的是一种突发性事件，类似触电，有极强的偶合性。

有些时候呢，爱情干脆就是一种意外。眼睛一刹那的对视，肌肤瞬时的触碰，心里莫名其妙生起的温柔怜惜以及细微的感动，都可能诱发体内的爱情因子。

按说吧，你也不怎么漂亮啊！你不就有一对好看一点的酒窝么？要不笑还不怎么露得出来呢。你身体还虚弱，感冒的时候经常流鼻涕，课桌上一大堆餐巾纸，到底是什么吸引了我呢？

初恋中最使人心动的往往不是对方的美貌或优点，反而那些美中不足的弱点更能激起我们的爱怜。

少男笨拙的动作，少女屡禁不止的痘痘，抑或是他们弱不禁风的身体与感冒时的狼狈样，可能比啥都吸引人。是这样吧？

为什么慌乱

这是一个发情的季节，按捺不住会坏事的。两个人的睡房里，你一个人醒着，佳人的鼾声若有若无，你的心潮一起一伏，心都要提到嗓子眼上。唯有倍加小心谨慎，才不致惊扰到所爱的人。

我怎么了？每次见你的时候，血直往上涌，心突突直跳。一切如梦似幻，心无所系，亦不知身在何处。

还有一点，我对自己也殊不满意。经常在你面前说错话、做错事，经常带你走错路、搭错车。这是怎么一回事呢？我原以为与你在一起就能克服青涩与鲁莽，使自己尽快成熟起来，眼见得事与愿违啊！

这就是传说中的初恋么？初恋杂糅着自豪的奉献与卑微的感激，似有初生的痛，又有纠结的甜。

每个人心里都有一方净土，既怕人找到，又渴望被人找到。当你发觉自己有些心事想让对方知道，却又惧怕对方知道，那这个人就是你生命中比较特别的人了。

有几分青涩，又有几分鲁莽，这是初恋的特性决定的。正是这样的青涩，才能有幸体会到初恋时别具一格的味道。正是这样的鲁莽，才使得初恋率真可爱，令人回首。

一个幻像与另一个幻像的叠印

恋爱中的我俩，并不是现实生活中的我俩。恋爱中人只是彼此的孩子，而自己的孩子是没有丑的，不可能丑也不许丑。相濡以沫久了，激情消退，彼此不再将对方当孩子宠溺，丑娃开始露出真容。

喜欢对方，不就是喜欢自己么？

我越来越觉得，初恋往往是一个幻象与另一个幻象的相爱，而不是一个真实与另一个真实的相逢。

刚认识的时候，我们每天都在电话里头说啊说，恨不得将自己知道的全世界都向对方和盘托出。但是，我真的说完了吗？我过去的耻辱、骨子里的自卑和内心的怕怕，真实无误地向你传达了吗？没有呀！无意中，对那些自认为不好的东西，我是说一半留一半，显一半隐一半啊！

可见，爱情有与生俱来的不真实、不确定。更可见，爱情给人的慌张与惊惶，与给人的舒心与踏实一样多。特别是在初恋的时候，生怕引起你的厌烦乃至反感，我便忐忑不安地压抑着自己，不敢恣意去表达。

谁都期望恋情能顺利发展，然而这也是有风险的。发展得太快，很快就走完了爱情的全程，离爱的终结可能也不远了。发展得太慢，对方未必对慢热的一方有耐心。

那么，初恋时顺其自然，不急于求成，就能享受更长时间的快乐吗？恋爱最理想的状况也是循序渐进地走完每一个阶段吧？

恋爱，是生死，也是轮回。无论是爱得死去活来，还是聚散两依依，初恋亦不免其劫难与定数。如此，即使失恋也不必后悔，因为恋爱的使命已然告结。

失足拐进爱的巷子

爱情的百花园里，草木葳蕤，鸟语花香，蜂飞蝶舞，煞是好看。起始是出于好奇，尔后是出于本能，人们对爱情的百花园寄寓无限美好的想象。等进了百花园，他们才知道，越是美好的东西越不好打理，越是温暖潮湿的地方越可能藏有蛇蝎、蜈蚣和毛毛虫。

爱情是自然生发的，很难刻意回避。有时候，越是刻意倒越可能弄巧成拙。再谨慎的缓步而行，都难免失足拐进爱情的深巷。

特别是像我这种本就有点博爱情怀的人，经常会主动出击，平素碰到心仪的异性也都是试探性地得寸进尺，稍不留神就会滑进感情的泥沼，难以自拔。

试探是各种各样的，是缩手缩脚、面热心跳的，而且，先要在言语中养足了胆，再落到行动上。

喜欢一个人的时候，通常会潜意识地回避或选择性忽略下半身的骚动，刻意掩饰情欲的一面。情欲的一面刚开始的时候，我们总暗示自己纯洁到毫无肉欲，神圣到绝无淫想。其实呢？“乌龟吃亮晃虫”，自己心里明白着呢！

拒斥最初的诱惑还算容易，但若最初的诱惑没挡住，乘虚而入了，心已染疾。初恋一旦转化为慢性病，譬如转化为相思难耐或情欲难熬，再想根治则需要大费周章，纵然伤筋动骨也未见得能治好。

拾回初恋时的默契

青春都是一样的，中年才开始有所不同。青春时暗恋、离开，中年时再见、再离开，但不再暗恋，也不渴盼着再见，人们只会惊讶并惋惜曾经心心念念的那个人，已今非昔比。

岁月会冲走一切形式的暧昧，却将纯净的初恋装扮得温婉动人。

不论多久不联系，只要双方愿意，初恋情人还是可以在分手后若干年，甚至各自结婚成家后若干年，拾回当年的默契，重修旧好，并维持相对稳固的私密关系。

很多初恋对象最后都能成为生命中最不可抹掉的朋友，甚至是不离不弃的亲人。

初恋有外貌上的眼缘，更有内在气质上的契合。随着年龄的增长，“眼缘”的作用在减弱，而性情的吻合、气质的吸引、内涵的具足却越来越明显。只要给初恋双方一个机会，当初类似的感觉还会回来。

但是呢，有一件事特别令人沮丧，就是初恋回来得不是时候，比如人到中年，人老珠黄。所以呢，我说：初恋是美丽的，止于初恋则是更美。

暗恋之苦

暗恋的对象像是空谷幽兰，暗恋者呼唤佳人千百遍，佳人仍然没听见。暗恋是被心中的怕捂住了嘴巴，爱根本出不去，声也沙哑，心也凌乱。

有一种爱叫我爱你，却与你无关，这就是所谓的“暗恋”。

其实，也不是无关，只是不想让你知道。真实情况是不仅与你相关，简直就是性命攸关。

暗恋是一种美丽的痛，就像一场无法醒来的梦。

暗恋者多数在幻想中生活，经常有自欺欺人的错觉。

可见，暗恋的人最无辜。不仅无辜，有时还会质问自己是否无耻。暗恋者通常会纠结自己的爱是否违反了对方的意愿，是否是一种卑鄙的行径。

暗恋的苦，相信是没人愿意要的。但是，这事被你摊上了，却没什么办法。爱上一个人就是魔鬼附身，身不由己。

作贱自己的开始

人们在几乎所有爱情形态和爱情阶段里寻求答案，然而爱其实并没有答案。即使对方给你答案，也未必真实，人家可能会给你留个面子。

爱上一个人的时候，往往是“作贱”自己的开始。

当你爱到不可开交的时候，已踏上了爱的不归路。我在想，将来哪一天我表白时你若是拒了，世界会不会倾覆。

初恋有两种状态是很微妙的，其一是暗恋，其一是单恋。暗恋还好，因为对方不知道，就不会太在意暗恋者的行为表现。暗恋是痛苦的，不过，私享暗恋也是一种美丽心情。

暗恋就像夜月，淡淡的凄凉，幽幽的美丽。暗恋之美，美在掩藏，美在晦暗不明。暗恋是一朵娇嫩、馥郁的花，值得心藏心养。

单恋呢？仿如将自己脱光了在对方面前跳舞，是一桩输掉自尊的买卖。所以说，单恋的人是债务人，一直处于债务清偿期，直到单恋结束。

我前生借了你的高利贷么？当发觉自己可能爱上对方时，就当机立断地离开对方吧！相信止于喜欢，才能免于受辱与痛苦。

还有，信守沉默是金，调动意志力来约束自己想表白的冲动。单恋是可贵的，暗恋尤其品格高尚。缄口不言的初恋则是爱的极酿，最适合自斟自饮。

3 温柔

什么香都香不过温柔

“愿作鸳鸯被，长覆有情人。”“笑将红袖遮银烛，不放才郎夜看书。”读到这两句古诗，我被震慑得呆立良久。多美的意境！这样的温柔乡，谁能不沉醉。在一本令你心颤的好书与一位活色生香的美女面前，要如何作出选择？爱恋之美，最美不过温柔。你要带了多少温存与抚爱，积攒了多少糖分与香氛才有了眼下的相遇，否则情话为何总是连绵不休，怎么也讲不完？

梨涡浅笑

美女之美，不只美在清澈黑亮的眸子，修长匀齐的眉毛，更美在腮帮上的酒窝、嘴角边的梨涡。“君恩许归此一醉，傍有梨颊生微涡。”古往今来，多情的文人墨客，最容易掉进酒窝、梨涡，为佳人秋波浅笑所迷惑。

有一种爱恋，如微风轻送，令人心醉神迷，如你对我静静凝视，如你对我轻咬朱唇，恰似花儿含苞待放。

你睡着的时候，总是露出好看的酒窝。这是谁家宝贝，睡梦中的甜笑，已泄漏了爱的芬芳。我贴近你的发丝浅嗅，甜香袭人。

我是特别喜欢静物写生的。但是，从未发现有比你的梨涡浅笑更令人销魂的景致。但你的酒涡又是如此纯真无邪，更加打动我。

亲爱的，在每一个夜深人静的夜晚我都会想起你。我喜欢一个人的宁静，有时两个人的宁静却更好呢。

闭上眼睛我和你就组成了整个世界，睁开眼睛这个世界就只有你和我。

请伏在胸口静听我的心跳，就像你枕着磐石聆听涛声。

今夜，你的酒涡浅得正好，漾出我心底的微笑。也谢谢今夜你的睫毛，将我摆渡回了童年。

藏起骄傲，谦卑向你

在爱的领地里我会轻言细语，你赐予的东西我会小心轻放。警惕那些大大咧咧的人，他们总喜欢将本应该密藏起来的爱吹嘘出去，而且大方得可怕。而那些懂得珍视、尊重的人，会小心翼翼地将所爱捧在手上，端在心上，揣进梦里，生怕走漏风声。

听人说，爱情中，温柔是必需品，浪漫是奢侈品。爱情中有温柔大抵上就可以了，浪漫则是锦上添花。你缓一缓再给我浪漫行么？我怕我惊当不起，怕笨拙的我会失手打落爱的琉璃盏。

我不敢贪念，只是弱弱微微、淡淡浅浅地爱着，因为怕来得快、去得也急。我怕贪念成了爱情的小偷，会偷去我既有的一切。

恋上你后，我是如此小心翼翼，一扫狂妄，收拾骄傲，藏敛自信，谦卑向你。难道温柔就是一堂只需用眼神来灌输的谦卑课么？温柔将谦卑楔进我的骨子里。

只要你接受、默认我的牵挂与陪伴，我就是幸福的。爱情的幸福，使我承受这个世界的能力增强了。在我看来，爱情就是“温柔之虐”，就是“虐出来的幸福”。

如果是，爱情这种幸福，你真的不用大声尖叫，放在心头对我轻言细语就好。

亲爱的，我淡定的兴奋，你看不见的。

少了亢奋，多了平静

深切的爱，总是带点儿敬重，带点儿害怕，生怕冒犯对方，生怕对方会突然离去。这个时候，最大的安慰莫过于给予对方安全感，这样爱情之花会才会尽情盛放，尽展欢颜。爱所带来的这种安详感，是人生至高无上的幸福体验。

黄昏的海边，洁白的小圆桌，洁白的纱裙，你专注阅读的样子真美啊！落地窗的窗纱也被这夕阳染上了金黄色，我忍不住举起了相机。

纯粹、温馨、浪漫、宁静，时光浸泡在幸福中，时痴时呆时傻。这就是晚买的爱情么？少了亢奋，多了平静，我克制着不忍挥霍。

对于恋情，我就是需要这么样一种感觉，安静，单纯，温暖，柔情。

我希望自己是一片安静的田野，能给你柔软与抱持、安全与温润。只要你不变心，世界就不会变样。

自从你给我吃了定心丸，就什么都安静了下来，世界也不来打扰我，难得的平静祥和。在这样美妙的心境中做个深呼吸，嘴角轻扬，我将这真心笑容传给你，你感觉到了吗？

收起风帆，不再远航

往往爱情“得手”之后，人会变懒。他会猫在家里粘着你，事业心也貌似减弱了，你开始对此有隐忧。但是，不用着急，他不愿出门，不妨诱导他做一些能在家里干的活儿。只要宅在家里不是单纯为了滚床单，他腻着你，就是对你真心的爱。

我一直很喜欢猫，特别喜欢猫儿轻声叫唤、只等我伸出手就会跳到我怀里的感觉。有时候，猫儿蜷缩在我怀里的时候，我甚至不忍惊扰它。

傻傻的你也是这个样子。被子有点薄，你冷得有点受不了，只能坐在床上，捂紧自己的臂膀取暖。你不敢起床拿厚一点的被子，怕惊醒极度缺眠的我。你就这样一夜未眠，我埋怨你，你说看到我一夜眼睛都没睁开过，你觉得“值”！

你这样傻傻的行为，这样傻傻的话里凝聚了多少温柔因子啊！爱之甜蜜或铺天盖地，或缓缓浸润，但无论哪一种，都是深入骨髓的温柔。爱的温柔是一种心灵之痒，甚于肉体之痒。

我有时真想彻底放松下来，收起所有的刺与坚硬，做一只乖顺的猫，蜷缩在你的怀中，释放我所有的信任与依赖。

这个时候，请收留我，将我放在你心的里间，听你的光阴静静流淌。我只希望能停泊在你的港湾，收起风帆，不再远航。

你的提醒是悦耳的风铃

好的恋人不会给你找麻烦，或者找你要这要那。好的恋人是半个母亲半个女儿，会对你宠爱有加，对你信任有加。所以，恋人都是兼职的，既是情人也是亲人。恋人会做所有家人可能对你做的事，会说所有年龄段的人可能对你说的话。

这一段时间里，我工作真够忙的了。那么多的材料要写，那么多的会议要开，那么多的关系要协调。但是，无论怎么忙，有两件事情我是一直在做的：一是在喝水，在想你；二是没在喝水，依旧在想你。

其实，这两件事情没有分别，喝水也在想你，不喝水也在想你。在喝水的时候，有与你碰一下杯的无意识动作。因为这是你叮嘱的，那就是军令啊！

相爱后，你总是提醒我多喝水什么的。这也是妈妈提醒我最多的一句话，每次讲完电话都会这么说。不过，爱情真是有奇效呢！你的这些絮语与唠叨，我都是那么受用，想起来都是满心的温暖。

没有什么提醒，比所爱的人的提醒更管用。所爱的人的提醒，那是悦耳的风铃，怎能愧对？

即使在最忙碌的时候，我也还是将你放在我的心间，让你看着我怎么忙。

应该说，这些工作并不是我想干的。但因为你，我干得还是很欢。不需要别人知道我的辛苦，你知道就好。

请相信，忙碌的人并不是空心的人。只因为有你，是我心中最踏实的部分。

可以“虚拟”在一起吗？

爱情如果往深里走，是不会惧怕异地恋的。若非具体的工作、学习、生活困难无法克服，决定结束异地恋的真实原因，要么是饥渴的身体耐不住寂寞，要么是对方及其家庭条件仍然不够理想，总而言之是爱得还不够深。

放下行李箱，你鞋都未及脱，就跳起来给我一个熊抱，死死地吊住我的脖子不放。

你知道吗？你双臂拥住我的那刻，我觉得我是世界上最幸福的人！

与心爱的人久别重逢后的那种喜悦与释然，就像是迎来一段突如其来的长假。

有时还真是不想这么冒昧地闯入你的世界。我只希望自己是一只鸟儿，偶尔从你的天空悄然飞过，留下几声啁啾，不忍惊扰到你。

但是，爱的进程这么快，真是一日千里啊！我们是从一出生就在寻觅对方么？

但是，你毕竟还是要离我而去。爱情终究敌不过现实，以卵击石非明智之举。

爱的人啊，能够沐浴于你爱的慈光中，我已感激涕零。若还奢望着与你一起漂泊，又是何等贪婪。

亲爱的，路途遥远，让我们梦在一起吧！

偏偏喜欢不容易上钩的鱼

人要证明或宣示自己的魅力，就得去精准地“点钓”自己真正想要的那些鱼儿。太容易钓上来的鱼，怎能激起“钓趣”呢？鱼儿主动上钩，并不能体现我的“钓技”，正如主动投怀送抱的人证明不了我的魅力。

怎么说，我都还算得上一个优秀的男人。虽然长得矬了点，但那也不是我的错啊！我愿意吗？

无论如何，爱上我的红颜还真不少。可为什么我就不爱她们呢？

将那么多人撇在门外，迎进一个根本上对我无心无意的你，我这是不是犯贱？

爱情垂钓就是那么奇怪，轻易就愿意上钩的鱼儿我不感兴趣，专门追寻对我的诱饵不感兴趣的你。

不过，这一切也都是值得的，哪怕追求的过程中会损失一些自尊。因为，每次在你那里受挫，闭门思过，反复回忆之后，发现在你面前败掉自尊还是值得的。

每当我轻易就能得到别人的时候，就感觉轻易得不到的你是那么难得。

其实呢，人都是愿意被自己喜欢的人“虐”的，而且“虐”出来的幸福，还真是有呢！

一字成歌

爱，一字成歌，一字成箴，也一字成谶。这绝世的歌谣，这亘古的箴言，这无数人验证过的谶语，千万年后，还会有人吟唱，有人传诵，有人诅咒。爱情，是甘露，是毒汁，谁能说清楚？

爱情多好啊！单一“爱”字就可以一字成歌，唱得人荡气回肠。

爱情啊，请允许我将你吞噬于贪婪的目光中，我亦愿意将一生毫无保留地交付予你。

唉，别这么矫情了！爱情并不是什么高大上的东西，再怎么光鲜的丝线，都得织进生活；再怎么风姿绰约的丽人，也难免有时会蓬头垢面。

还真是的，发现没有？相爱后，我们总有聊不完的话题。但是，聊的话题却是越来越俗了。

其实，这未见得是件坏事。我们构建的共同理想，也越来越有生活气息。能够生根土地，当然会更久长。

爱情并不遥远伟大，但爱情的力量依然令人感动。如果有人愿意为你赴死，又有人愿为你重生。哪怕只是说说而已，心里也是幸福满满。

热恋中，所爱的人说出的话全世界都得洗耳恭听，所爱的人想做的事全人类都得给他让路。深爱一个人，就巴不得全世界都以他为中心，恨不能助他实现每一个哪怕是最荒唐的愿望。

微暖就好

爱情最容易，也最忌讳发生爆燃，火力过猛，激情会顷刻燃尽。所以，爱情以一个月、三个月、六个月、一年为周期的居多，爱得越浓烈，持续的时间越短。

激情逝去之后，思念可能没有原先那样浓密，但更加有节奏与韵律。

恋爱的过程，犹如从最初的打击乐，渐变成交响乐，再变成进行曲，最后变成了轻音乐。

多数人学会享受轻音乐的舒缓，沁人心脾。

爱情就是这样的轻音乐。让爱情微暖就好了，不要太热。让爱情微凉就好了，不要太冷。

我有时会喜欢微凉的情感，也喜欢稍淡的日常。也许我们聊过之后，日久之后内容已经模糊。但那种如沐春风的感觉，多年后回味，相信还能感觉到阳光般的温暖，相信仍如柳絮拂面，留下柔意，如爱花绽开，吐露芬芳。

一起说过的话，一起走过的日子，一首诗，一幅画，一首轻音乐，天长地久，悠远泛黄，渐淡渐隐，成时光经典，成岁月华章。

若希望爱的热情能够持续，这秘诀就是静水流深。

没有激情的惊涛骇浪，却有幸福的细水长流，这样的人生也不赖嘛！

虐得死人的声音

初恋的时候，往往盯住一点，不及其余，仅凭外貌、仅凭声音、仅凭笑容，甚至仅凭酒窝就心动的，不在少数。或许是我们的眼界太狭窄，接触的人太少了吧？即使动心了，也要再等等看。

你说，我是你的“开心果”。我要说，你是我的“幸福课”。

你的声音就仿若是“冰清玉洁国”传过来的，那么纯净，冰花般的纯净。一定有个“冰清玉洁国”吧？要不你的肌肤怎会洁滑如玉，你的眸子怎么没一点淫邪？

与你通话的时候，知道为什么有时我会长时间无语吗？是我被你的声音之美惊呆了。我从未听过这种天籁之声，我的心飘在空中，被它带着翻越山岗。

顺着你的声音，就能抵达我的天堂。

你不能日日呆在我的身边，那请你夜夜进我的梦里。你不能钻进我的被窝，躲进我梦里陪我成么？

我愿意被你的声音控制，被你的声音缠绕，我想那是真幸福。

遇见你我方知自己是个声控，让你的声音成为我幸福的梦呓吧！

带你兜风，穿过麦田

或许，比爱的那个人更令人晕眩的，是其带来的那种美妙的感觉或独特的体验。不装腔，不摆谱，不做不作，能瞬时将你带入某种氛围，这种天然具备的“带入感”，是致命的杀器。

若有你就有春天了。

你说有人会傻到拒绝春天么?

我喜欢点点滴滴的雨洒落在我的肌肤上的感觉，就像小猫儿舔得我有心酥的一种快感。

雨滴纯净、透明、清澈、晶莹，那明亮的高光部分，像你的眸子。

等我骑车带你兜风，穿过麦田。那时定会有一阵风吹过，将我们倒伏在一个永不为人知的所在。

麦秸和风多么善解人意，它们邀来蜜蜂、蜻蜓和鸟儿，也来分享爱情的温馨与甜蜜。

感谢你给我带来这么多美好！来年雪花飘落眉心，一定会将往昔你给我的所有美好记忆叫醒。

来年，不需要旧事重提，你陪我旧梦重温就好。

4 浪漫

我要你的灵魂认识我的灵魂

浪漫的爱，最显著的特征：一是可望而不可及，保持其未完成态；二是可享用而不去持有，保持其原生态。野生的香猪，散养的走地鸡，煲的汤何其美味！徐志摩在日记中写道："我不仅要你的肉眼认识我的肉体，我要你的灵魂认识我的灵魂。"表达爱情不一定要用语言，或者说表达爱情可以用任何语言。在所有的两性浪漫之中，很难找到比眼神交流与肢体接触更令人震憾的表达。

最好是发生点什么

若是我的手指未曾穿过你的发际，若是我的身体未曾穿透你的怀抱，若是你的衬衣上没有留下我的唇印，若是你的眸子未能将我拓印在你的心上，岂不辜负了相遇？

我的确不是一个见了美女就腿软的男人，你也不是见到怀抱就沦陷的女人。但是，为什么我就是有眩晕、腿软的感觉？

你说，你有做一只猫蜷缩在我怀里，一生一世眼睛都不要睁开的愿望。这还不算是沦陷么？

一支玫瑰支撑不住幸福的分量，一杯咖啡也不能使爱情的日常持久浓醇。爱情的浪漫，必须放到现实中经历风雨才能持久。

我说：幸福不能一直虚无缥缈，终究要落地为安。

你说：爱要像一棵迎风高长的树，摇曳出勃勃生机。

你看，我们俩是多么默契。既然如此，让我们发生点什么，以完成相遇的使命！

趁还愿意疯癫，愿意奔走

鲜花与颜料，跳跃与欢呼，吟唱与奔跑，这都是青春的影像。为什么不趁着青春正盛，多录制一些呢？雪地里的疯癫，围巾里的温度，素笺上的湿吻，无不是初恋独特的风景。

女孩子可能都幻想过裹着厚外套，缠着长围巾，拖着拉杆箱，在覆盖着白雪的站台上等某人吧？

女孩子就该这样，趁年轻，趁还有梦，趁还愿意疯癫，趁还愿意为一个人东奔西走。

一生中，若有一个这样的女孩子奔向你爱情的怀抱，也算是没白过。

我就是这样一个幸运儿。那年冬天，北京站的站台上，一场初雪纷飞，将她白晰的脸冻得通红。但她并不觉得冷，因为爱情的炭火正烧在灵魂里！

犹记得那次见面，她那含蓄动人的微笑，有一种低调的温和，亲近可人。她的微笑像一枚印章戳盖在我的心间，再也不能抹去。相信经年以后，她的容貌会模糊，她的声音会消失，她的影像会泛黄，但是我会记得她是怎样从我的全世界路过。

衷心地感谢她热爱我的成熟，无视我的沧桑。我再也不能返回她想要的青春年少，但是我可以磨磨蹭蹭与她变老。

有机会肌肤相亲则是更好

不肌肤相亲，心里就空落落地没有实在感。爱情里也许并没有踏实与安全。

每次聊天，你都要感叹一下我所谓的“才气”。咱不说“才气”，说“郎才女貌”行么？

为什么你口口声声地说什么“仰视”我、“崇拜”我呢？我可以将这个看作是婉拒吗？

什么“仰视”，什么“崇拜”！这些抽象的东西哪里有亲近来得实惠呢？如果你真愿意做出选择，那么就请亲近我吧。

你于是又念“距离产生美”，说彼此惦念就好。但我不这么觉得呢！我觉得吧，彼此惦念确实已经很好，能有机会肌肤相亲则是更好。

我不喜欢那些虚无缥缈的东西。什么誓言啦，咒语啦，都何等之抽象。深情祝福，哪如激情相拥？激情相拥，也终不如舌头甜缓地纠缠。

你说一万句贴心的话，也不如直接从后面环抱我，用你胸中滚烫的爱温热我的脊背。

亲爱的，你的肉身是我的深呼吸，亦愿我的身体是你的大好河山。

你如果真的想要我，请要得我意乱情迷，要得我惊惶失措，要得我人仰马翻。

不限时的拥抱

你必须先答应我拥抱的时长、力度与部位，不许我没有尽兴就抽身而出。爱情竟然可以是那么好的东西吗？既如此，分时分段地慢慢享用，岂不更美？

幻想只隔着一件单衣的拥抱，不限时的那种。只因为在潜意识里，感觉若无真实的肌肤相亲，爱就无处安放。

只要你愿向我敞开怀抱，纵使还远隔重山，我也会纵身上马，一心向你。

在我的印象中，最美妙的情感体验莫过于用眼神谈一场恋爱。这是一切美妙中最美妙的，带来的心理快感胜过身体上的抚摸。一个眼神能抵万千言语，这就是爱的魔力。

我是个拥抱控，我要什么你就给我什么好么？

如果有人想要一个肩膀来倚靠，请不要给他搬来一张椅子。如果有人要一个拥抱来温暖，请不要塞给他一个枕头。

如果你要拒绝，也请残忍地直说。

出轨的概率

小女孩没有尽兴购物的切身体验，长大了她还是会“败家”，哪怕冒着被“剁手”的风险。小女人没有铭心刻骨地爱过，缺少浪漫的爱情故事，她心中的野性就没办法释放。这就是为什么乖乖女更容易出轨的原因。

一个四十多岁的女人，突然背叛了她老公。她老公极其惊讶，这么正经八百、平常坐车出行、只要是男人开车就绝不坐副驾驶位的女子，怎么会背着他偷情呢？

这位男人找到我咨询的时候，情绪冷静，没有愤怒，只是满腹的疑惑。或者可以断定，他对此的不理解多于愤怒。

我告诉他，有些人拥有过爱情，但未必拥有过浪漫。没有拥有过浪漫的女人，出轨的概率是比较大的，因为每个女人都有一个浪漫的幻想。

这也无可厚非吧！她们只是补回还没上过的爱情浪漫课而已。

浪漫与性冲动紧密相连，或者说，浪漫是一种比较微弱的性冲动。所以，若一个人连偶发的性冲动都没有，如何浪漫得起来呢？

每个浪漫的人，都有一颗放荡不羁，且渴望旁逸斜出的心。

浅浅地陷入，淡淡地眷恋

人回忆自己的青春与爱情，常会为当年情感的汹涌澎湃、情绪的大起大落时而痛心，时而发笑。想当年，非她不嫁，非他不娶，爱的偏执与疯狂都将局中人折磨成什么样子了！

一个小伙子要约会了，问我怎么准备才能够浪漫一点。因为是在冬天，我告诉他一条围巾或一束玫瑰足矣。重要的是精致一点的包装，用餐的地方，要么环境好一点，要么要有些特色。

浪漫之举若是经太多准备，就有做作之嫌，随境生发、油然而生的浪漫才是真正的浪漫。

浅浅地陷入，淡淡地眷恋，我酷爱这种爱的轻松与自由。浪漫就是要轻松，若是太费劲，那就还是庸常点算了。

那位小伙子问我对浪漫是怎么理解的，持什么态度。我对他说出了颇有些禅机的话：我不愿一直抱着谁，却愿意张开双臂，拥抱自由来去的风。

我一直坚定地认为，浪漫的特质是洒脱，而不是纠缠。爱得死去活来听起来是件浪漫的事儿，可是经过的人才知道满心是伤，浑身是痛。更何况，爱情的浪漫是两个人的事，其一方已释放了浪漫的话，可能就失去再次投入浪漫的兴致了。

若是完全不在乎对方的感受，爱到对方没有自由，那是挺无耻的，而且有多少一厢情愿的浪漫，就有多少懊恼与无趣噢。

当然，爱情也不可能全是浪漫，因为浪漫不能当饭吃。所以，我们每个人都必须思考一个问题：如果不浪漫，生活怎么能多姿多彩？如果只顾浪漫，生活何时才能风平浪静？

上乘的爱情是野生的

有人说，爱情是一所学校。然而，这却是一所没有教员和教材的学校。不过也好，正是由于缺乏规范的教导与训练，爱情的野性才得以保存下来。

真诚待人总是好的，就年轻人而言，若是真诚中捎带一点儿野性，就更好了。野性与真诚的结合具有巨大的吸引力，给人感觉清新又俏皮，亲切而又魅惑。

真诚并不与俏皮、幽默、诙谐冲突。爱情更不与野性冲突。我有位朋友人是个绝对的好人，事业有成，家务也肯干，除了单位就是家庭。没想到他老婆问他："下了班，除了回家，你就没其他地方好去吗?"

他对我述说这句话，我起始也是相当吃惊。多么好的男人啊！女人竟然对他不满意了！再一咂摸，的确是啊！这样的男人，可想而知是爱好不多，除了工作，也是没什么情趣的。那么，对于追求情调生活的女人来说，她想要的浪漫他就没法给。在她们的眼里，"好"就是"庸"，相反，略"野"或略"坏"才算是浪漫的。

我常常觉得，野性是爱情的精灵，没有野性的爱情是乏味的。有野性，就会有新鲜感。浪漫如采摘带着露珠的花，图的就是个新鲜劲儿。上乘的爱情是野生的，家养不出。

需要有风情，也需要解风情

与其说谈恋爱是“一物降一物”，不如说是“对对碰”，相互之间都在寻找能啮合进去的轮齿，不问轮盘的大小，只问齿感是否舒适。纵风情无限，对方却不解，也是枉然。

身虽有所属，心却无所系，这样的人多数是浪漫的。

浪漫的人不乏浪漫的故事。浪漫的人，其实天生就是有故事的人。不是他们找故事，是故事找他们。

一个对于生活没有激情，对于异性没有兴趣与审美的人，不可能有浪漫。

一个正经八百的人，我是说那些自认为稳重精致的男人，或自以为贤淑雅致的女人，压根儿就不配有浪漫的故事发生，他们的那些条条杠杠，早就将他们压严实了。稍有些浪漫的想法冒出，就即时遭遇扼杀，还用不着等别人的闲言碎语。

总之，浪漫是一个人内在涵养与精神气质的综合，需要有风情，也需要解风情。

当浪漫向你伸出手来的时候，要真诚地去回应，过多的犹豫不决，你只能牵着遗憾，牵着风。

艳若桃花

所爱的人，带给你的若是提心吊胆、猜疑惧怕、自卑焦虑，那还不如主动放手，这样做同时也是放过自己。

一位朋友问我，说：“我的女朋友不是一般的漂亮，真是鲜花插在牛粪上，怎么她偏偏爱上我呢？”我打趣地回答他：“你一定是坨金牛屎，才能亮瞎她的眼睛！”

他还是不太明白，因为不太自信，就不知道我是在赞他还是在贬他。他继续说：“每次聚会，看到她那么受关注，我心里特别高兴，但也特别失落，欣喜与沮丧交替出现。”

我心想，那是自然了！为“亮瞎别人眼睛”的人是自己的亲密爱人而欣喜，又不够自信觉得自己配不上别人而感觉自卑，当然欣喜与沮丧就会交替出现了。

我问他：“朋友们知道你们的恋情吗？”他说：“不知道。”我告诉他：“你想继续体验这种复杂的感觉么？”他说：“是的。别人朝思暮想得不到的，我却可以坐拥怀中。我觉得很过瘾，我是有点变态吧？”

我告诉他：“这哪里是变态呢？简直进入到恋爱的最高境界啊！”

最美不过你我彼此相爱，在朋友之中却不为朋友所知。爱并不是需要宣告的事情，默契在心更显底蕴，更能留下无穷的回味。

这是一种怎样的幸福？众目睽睽之下，你艳若桃花，却是我的人儿，那翘首向你的众人对此竟然一无所知！真正是看在眼里，美在心里。

吵了，好了，更爱了

绝大多数情况下，夫妻没有隔日仇，家庭的生态会自动修复。倒是夫妻之间的冷战不能持续太久，谨防居心不良的第三者伺机插足。

在我们的摄友圈中，有两对夫妻堪称奇葩。

我们去摄影游玩的路上一般都是拼车，这对夫妻中老公负责开车，每到车上都会掐架。老婆不是数落他这数落他那，就是一路指挥他开车。

另外一对中年夫妇，由于带着两个孩子，就没有与别人拼车，也是男的负责开车。每到一个地方，下车的时候必须小吵一架，因为男的一般都只愿意在车上睡觉，不愿意下车陪着妻小玩，妻子特别不满意。

但是，等中途吃饭的时候，你会看到这两对奇葩夫妻温情的一幕，甚至能看到妻子夹好吃的送到老公的嘴里，老公吃老婆孩子的剩饭剩菜。上车返程的时候，他们又和大家一样是有说有笑，有时还互相逗趣。

有争有吵，有说有笑才是现实生活中多数夫妻生活的真实写照吧？恋爱中，吵一些小架，发生一些小误会，算个啥呢？吵完架后，误解消除后，总有一种破镜重圆似的感动，又有一种失而复得的惊喜。

喜欢这种感觉：吵了，好了，更爱了，抱得更紧了。

以后会怎么样？谁也不知道。也许有误会，并且消除误会的时间会很长，抑或误会完全无法消除。我还是愿意以经年累月的等待，换与你一次擦肩。

愿那个时候，你会有一个回眸，深情也好，抱憾也好，面无表情也好。只需要你看见我，与我的目光交汇过，哪怕只有十分之一秒。

5 真爱

爱情是一种信仰

相信所有关于“真爱”的理论要么各执一端，要么狗扯羊肠。譬如，真爱就得“从一而终”，就好像是说真爱就非得在一棵树上吊死。又譬如，一般认为人老了后由于荷尔蒙分泌减少，不会再流鼻血，不会再为爱上火，而钱锺书告诉我们：“老头子恋爱听说像老房子着了火，烧起来是没有救的。”关于真爱，我可以肯定的有两点。其一，真爱不是单纯模样上的诱惑，而是内心强劲的吸引。外在的诱惑轻浅飘忽，终会失去初始的激情。内在的吸引深沉持久，定会历久弥新。其二，真爱是共同生活，一起担当。爱情不进入生活，所谓“真爱”也只是“柏拉图之恋”。

将戏演得最棒的“我”

为讨好对方，小吹牛、小撒谎是常有的事。二人世界里位居卑者，即爱得比较多的一方常常因为内心卑怯，拉大旗作虎皮。于是，那些表现得最好的，可能只是将戏演得最棒的。

“为什么他总是留给我假假的印象呢?”一位小姑娘问我。

我表示愿闻其详。她说：“他家里明明是住在一个穷乡僻壤的小山村，却告诉我住在镇子上。他明明是技校毕业的，却说成是大专毕业。他明明只爱看武打片，却对我说最爱看文艺片，跟他谈一些知名的文艺片，他却完全答不上来。”小姑娘疑惑地问我：“为什么要这样呢？这是何苦呢？实话实说我也不会嫌弃他的呀！他是不是个骗子?”

小姑娘显然过虑了。真爱也不一定会说实话。出于各种各样的原因，恋爱无意中多少掺进了虚假的成分，很难觉察。如果说真爱亦有虚假之处，有的是善意的掩饰掺进的，有的是出于虚荣心，无意之中掺进的。

我让这个小姑娘反观自身，自己对他说的话也能确保句句是真，没有任何假话吗？她承认，有时为照顾他的自尊心会说假话，有时与男同事相处时怕被他误会，也会说些假话。

如此这般，恋爱中人都会有意无意地隐藏可能引起对方不悦的事实或感受，个别细节可能有“演戏”的成分。恋爱的双方，彼此都只愿意呈现出“最好的”自己，也就是那个为“真爱”所修饰的自己，但绝对不是“真正的”、“原本的”和“实打实的”自己。

确切地说，对方爱上的是那个能够将戏演得最棒的“我”，而那个真实的“我”似乎从未出场，即使出场也是戴着面具的。

踏不准爱的节奏

爱使人慌张，尤其是爱对方多一些，不怎么自信的人更是如此。由于家庭出身、社会地位、富裕程度的不同，条件较差的一方往往自卑、敏感、怯懦、窘迫、不堪，一个轻慢的眼神就可以毙了他。

“他为什么这么装啊？他为什么这么纠结啊？他为什么总是没有方向感而且踏不准我的节奏啊？”一位热恋中的女孩子，问了我三个“为什么”。

我没有问她男朋友具体怎么“装”，因为恋爱中人谁也没有办法不伪装，只不过多是善意的伪装，即伪装成“最好版本的自己”。

恋爱中的伪装是因应着对方的好恶自动进行的。恋爱的双方都害怕暴露阴暗与丑陋面，双方都有各自藏着掖着的不愿对方看见的地方，应当说这是“善意的掩藏”，颇有“羞涩”之感，就像将杂物收进贮物间不使客人感觉凌乱。

所以，即使发觉对方的“掩饰”或“伪装”，也要善加接纳。要相信有一种谎言，里面真的充满委屈与真爱。

至于没有方向感，我想可能是初恋时很正常的感觉吧？爱上一个人，乱了方寸，走个路都磕手磕脚的，自然就丧失了对自己的主宰，相当于将身心的支配权拱手让给真爱。真爱中的所有“高明”，其实都很弱智！

瞧，真爱那么紧！不用焦虑，不用担心，让时间来松缓爱的节奏，让爱厚植对方的自信吧。

爱海中泅渡，指南针也会失去作用。别企图引导爱，还是听凭爱来引导吧！爱自有爱的航向。

渴望肌肤相亲

只要他的手搭在我身上，我就能快速入睡。只要她将头伸过来贴一贴我的脸，我就会乖乖起床。肌肤相亲的感觉如此美妙，使小女人更小女人，使大男人更大男人。肌肤相亲的渴望不只是身体的本能，更像是爱情无声的命令，或是灵魂浓情的召唤。

“老师，怎么从亲密行为中识别对方是不是真的爱我呢?”在一堂公益课中，一位小姑娘问我。

“比如哪些亲密行为?”我想确认一下。

“比如……你都知道的啦！你是过来人!”她欲言又止。

我笑了。

其实，人人都渴慕着与特定的人有亲密行为。人们对亲密行为的渴慕与追求永远不会厌倦。

正是如此，人们特别在意这些亲密行为，享受着亲密行为的温馨与芬芳，并期望从中窥见对方内心的秘密。

关于爱的山盟海誓，纵有千言万语，比起拥抱与接吻，比起一轮触及周身的抚摸，何其苍白无力。

吻的亲证

有人说接吻就像吃巧克力后所体会到的那种满足感，不用担心体重秤上数字变大，相反还有助于燃烧脂肪。吻只是口水和温度的交换么？当然不是，严肃认真的吻是心的交付，是灵魂的洗礼！

我认为，拥抱可以纯出于一时好感，做爱可以纯出于一时兴起，唯有接吻，尤其是缠绵温柔的吻，却非情浅者可以为之。

“接吻”这一恋爱文明的顶级仪式，在我看起来就像是一种郑重的宣誓，对方是用“心”还是用“性”，闭着眼睛都能感受出来。

甚至是用“心”与用“性”之间的微妙转换，都能通过对方的生理反应体会出来。

接吻最不会撒谎了！若是一个人内心嫌恶你，可能无奈同意与你做爱，一般都不会严肃、认真、专注地与你接吻。

接吻不只是身的信任，更是心的真诚相许。

身心交付与否，交付的程度，通过接吻的真切感受可以原原本本地展现出来。

如果一个人坚拒不吻对方或者吻而目有异光，则基本上可以认定对方并非真爱，或者爱得漫不经心、敷衍了事，或者爱得已力不从心、无可无不可。

爱不是一件省心的事

有些人并没有将爱置于生活的中心位置。即使是在家庭生活里，爱情也更像是配菜。爱情其实比事业更需要用心经营，而且比生活更值得经营。爱情给了你那么多快乐，而你给爱情的却不多。

如果一个人感受到了被某人或某物控制的快乐与喜悦，那就进入了一种宗教。

爱情确定无疑是全世界流传最广、信众最多的宗教，而且是跨界的，横扫人类一切族群的宗教。

我参加的聚会比较多，几乎没有哪次聚会不涉及爱情这一主题。求助者中，占大头的是爱情遇到了问题，其中不少人为了爱情要死要活。

那么多人都在追逐爱情，爱情确定无疑是好的么？

如果天遂人愿当然是好的，可惜很多时候爱并不是一件省心的事儿。

爱情大出血

爱情值得赞颂，但爱情经常刺伤人的自尊心。爱情没有绝对平均，你百分之五十我百分之五十的公平组合。爱的天平上，翘上天的那端总是爱得多一些的，然而分量却最轻！

为爱所伤的例子举不胜举。

爱情之伤中，自伤还是他伤有时还真说不清楚。

但是，当你准备开启一段爱情的时候，真得好好想想你的爱会不会伤到人，最好不要轻举妄动。

真爱会激活人所有方面的自尊，每一面向的自尊都密布“出血点”。

轻率接受爱或给人爱的错觉，等你拒绝会澄清的时候，一出口就是血啊！

不似上钩的鱼儿放掉它仅只是钩破一点点嘴唇，等别人爱入膏肓再去捅破对方自尊的窗户纸，往往会引发“爱情大出血”！

爱情的纽带

那些一争吵就将孩子推到前面做挡箭牌的做法，特别残忍。孩子是需要保护的对象，怎么可能成为家庭和睦的保险带呢？孩子既不应是家庭的纽带，也不应是爱情的筹码。

对于相爱的双方来说，不是都有些啥，而是都缺些啥，使双方黏合得更密实、更紧致。

一个需要双方共同奔赴的目标，才是爱情的纽带。

但事实上，即使是真爱，两性之间“全方位贴合”的理想状态是很难达到的。

“我男朋友好是好，可感觉总是差了点什么，什么原因呢?”一位女孩问我。

什么原因？无外乎那个人不是全面优秀，不是全面称心如意；无外乎那个人不能钻进你肚子里，知道你随时随地的身心欲求，并设法满足你。

有的人可能不理解人的局限性，或者认为真爱可以激发无穷无尽的可能性，在每个激发点上都能创造奇迹，认为你心想，他就能成。

这就像指望一棵树，既能抵抗飓风，又能腰身柔软，可能么?

爱情全能主义

能使你身体更舒爽一点，使你生活更开心一点，使人格更完善一点，爱情大致就可以得个满分。爱情不给你添乱就阿弥陀佛了，不要指望他什么都能给你，能帮你解决所有问题。

指望爱情能满足生活或人生过程中的所有欲望，无疑是恋爱中人惯常犯的最大的错误。

太多人寄予爱情其本身承受不了的负荷，认为爱情是“全能”的。

有人既指望从爱情生活中获得亲密、激烈、持久的性爱，又指望在爱情生活中释放掉所有的心理压力，还指望爱情能成就你所有的人生梦想。

这样想的话，也只能是“痴心妄想”了。

爱情，或许可以给你与爱相关的东西。但爱情，自然不可能给你全部的生活。

爱情不但给不了你全部的生活，还可能扰乱你的生活。因为爱情生情浪漫，与琐碎、坚硬的现实生活常生摩擦与抵牾。

“你和我的世界”才叫“世界”

在二人世界里，互相抱着二人转，容易迷失方向。最好能有一个共同的目标，将爱的能量投注进去，似此才能突破二人世界的固有桎梏。

对于深陷爱河的人来说，所爱之人就是全部，即使有人用世界万物，也没人愿意交换。

世界之大，无奇不有。可世界再奇妙，又关坠入爱河的两个人什么事呢?

“我亲爱的你”和“你亲爱的我”才是值得用心关注的，你和我的世界才叫世界。

爱经常使人丧失判断力。

对方的好你会刻骨铭心，日夜回味。对方的不好与丑陋之处，你会视而不见，充耳不闻。

你在乎爱的那个人，才会不承认他有什么错，才会事事处处维护其良好形象。

爱上一个人后，被对方欣赏的方面或特长会发展得相当快。这说明，爱能使人进步。不过，那些为对方所不甚关注与欣赏的方面或特长，就要开始退化了。

创伤处自有花开

有爱，怎会没有创伤呢？尽管时有疼痛，却每痛每觉年轻。爱情的创伤是灵魂的作品，蕴藏着有益的人生道理。

有一位女孩子，三十多岁了，在每次恋爱的每一个阶段，都要自我：要不要跟他一起出去旅游，能不能答应他开房的要求，去参加他与朋友的聚餐会有什么后果……

总之，她各种谨慎，各种犹豫，为此也很苦恼，她想为爱情付出，但是又害怕付出。然而，对于她男友的付出，无论是送多昂贵的东西，还是每个月搭飞机从海南到北京去看她，她都坦然受之。她就是无法认可自己内心的自私，她自己对此的解释是“不想被伤害”。

尽管在恋爱中奉行一点自我中心主义更有利于保全自己，但若一开始就考虑如何才能够不受损失，以及失恋了如何才能全身而退，那真的自保得太过了，有防卫过当之嫌。

后脚都还未迈出，前脚就缩回来了。这不是爱情，而是自私与懦弱。

对于真心相爱的人来说，付出本身就是一种幸福。那些认为爱就一定得有回报的人，凭这么点小得可怜的人生境界与格局，就不怎么可爱了！

一旦你开始希望从爱情中得到除了爱以外的东西，那就开始有了自私与交易的成分。所以，请拿出勇往直前的劲头谈恋爱吧，用勇敢的行动喝退内心的自私！

爱可能会受伤，但创伤处会有花开。

爱情征战

时光静美，世界安好，有的人却爱得波澜壮阔，苦大仇深。这是为何？爱情，更像是一场无事找事之人在和平年代发起的无谓战争。他们真是无聊透顶，搬起石头砸了自己的脚。

一位自封为“诗人”的朋友，情感生活方面是不大检点的。他写了一百首诗给他的数十个恋人。

每一首诗都情真意切，然而每个恋人都在他心头扎了一刀。

我读过他的诗，感觉情诗的每一首都浸透着泪与血，令人不忍卒读。

我甚至在想，这样的爱情，激烈得像一场征战，企图以爱来扫荡、掳掠、征服一切，将本应是明媚柔美、荡气回肠的爱情变成磨刀霍霍、腥风血雨的厮杀，那是为何?

他是一个管不住自己的人，特别是情感生活方面，完全跟着感觉走，信马由缰。有心仪的美女，必追而求之。有投怀送抱者，必喜泣而悦纳之。

问题是，几乎没有女人能忍受他的暴风骤雨般过于浓烈与激越、来得快去得急的博爱。

他的博爱使女人们很受伤，他自己也很受伤，但就是本性难改。对于这类人，爱情像是一场没有由头的征战，每一场胜出同时也是惨败。

爱的纯全

爱，就是给，就是要给之应有道，要之应有方。如果婚内的爱还不够，必须自问：你给了吗？给足量了吗？又是如何给的呢？你要了吗？是由衷的要吗？又是如何要的呢？“给，直至受伤，而且要带着微笑。”“给，直至成伤，直至感受痛苦。”特蕾莎修女如是说。

滥情实质上是一种寡情，甚至是无情。

爱情需要精耕细作，而不是像亲情那样可以不劳而获，像友谊那样可以广种薄收。

爱情是一种责任，一种契约，否则的话，那就是滥爱，是滥情。

爱情需要深情与专注。

蜻蜓点水不是真爱，跑冒滴漏不是深爱，得陇望蜀更是与爱的专情背道而驰。

对于大多数人来说，外界的诱惑时有之，心偶有旁骛在所难免。但是切记“爱的纯全”才是一种铭心刻骨的感觉，痛与快的交织才是至高无上的幸福体验。

真实的“生物我”

老舍《热包子》里说：“爱情自古时候就是好出轨的。”沈从文《边城》有言：“火是各处可烧的，水是各处可流的，日月是各处可照的，爱情是各处可到的。”爱情的生物本能很强大，道德风险也非常高，很大程度上受社会性约束，也得亏如此。

现实生活中，总有那么一些人，将爱情理解得那么狭隘，认为爱情就绝对不能有隐私，绝对不能生异心，将爱情框定得无限死。

吃着碗里的，望着锅里的。牵着爱你的，想着你爱的。躺在爱人怀抱里，眼睛却随前方走过的美女帅哥游移。

这的确不是好的“道德我”，但却是无比真实的“生物我”。

在我看来，真正文明的道德是用来约束行为的，而不是对内心思想也要赶尽杀绝，斩草除根。

“爱的旁逸斜出”，在我看起来是爱的原生态。只要还扎根在那块地盘上，只要还生长在那里，枝杈伸展出去一点又有何妨？

只有对自己没有信心的人，认为自己配不上对方的人，有危机感觉的人，才会怕自家种的树会自己跑到别人的后院里。

随意、轻松才是王道

气氛浓得密不透风，气氛紧得密不通风，都不是爱情的好走向。爱情需要放养，野性是爱情的生命，控制只会事与愿违。

“不得盯着美女看”、“不得跟别的女人有工作以外的联系”、“保留我查看你手机的权利”……

这样的爱情，你不能否认也算是爱，但这样的爱无形中给当事的另一方巨大压力，的确很虐心。

以我愚见，随意、轻松才是王道。这不仅适用于生活，更适用于爱情。

给人压力的任何做法与想法，都是自私的。我们需要平等、温柔地对待爱情。

你有权利默默喜欢一个人，但也有义务不给对方增添任何心理负担，甚至不能使爱的人挂欠或负疚。

多给爱情一点宽容，多给爱情一些自由。你养好你，我养好我。彼此滋养也可以滋养，但不亏欠！

让爱情来得更轻松自然一些，更疏密有致一些，更豁达大度一些，更别致有趣一些，何如？

“隐藏爱火”的人

认真对待爱情的样子，不是昂首阔步，信马由缰，而是蹑手蹑脚，谨如探汤。真正珍视爱情的人，会把对方捧在掌心，藏进心的密室。也许爱情很普通，像一炉取暖的炭火，但是你出多少黄金，真正珍视爱情的人不会与你交换。

有位职场白领说，自己是一个在爱情方面天生钝感的人，但是女朋友吧，虽然很敏感，很多东西又不向他明示。他对她的理解基本上靠猜，这让他十分难受。

按说，爱情是灵犀相通的东西，一个眼神足以传递所有的信息。理解对方爱的表达和需求竟然靠猜，有点说不过去吧？但偏偏就有这样一种不解风情的人，你说怎么办？

其实，这种“不解风情”之人，内心的爱反倒是沉稳的、经过深思熟虑的。这样的爱比起纯粹激情或盲目的爱更理性，韵味更绵长。

有些成熟的人，对爱情的表达方式也是成熟的。他们深沉的爱情微小而琐碎，不是十分细心，很难感受到。初生的爱情靠“品”，品得出才是好茶、好酒，品不出的话，再优质的茶、高档的酒都是枉然。

爱情如炭火，有时候看不到木炭通红的颜色，是因为它在独自享受燃烧的状态，或是在享受灰烬的陪伴，只要轻轻吹一口气，就会发现火势正旺。所以，不要轻易抛弃那些貌似已经寂灭的爱情，那可能是对方将爱火暂时隐藏起来了。

如胶似漆

将窗帘关得严严实实的，两个人长时间大门不出二门不迈，缠绵得像麻花，恐怕连床单都会鄙视你们。热恋之中，或者新婚燕尔，可能谁都有这样一段如胶似漆的蜜月期，但应有所克制。万物生长靠太阳，爱情也不例外。出去走走，看看太阳，感受不比窝在被窝里差。

“我们恋爱两年了，这两年里只要不出差，几乎每个周末我都和我男友窝在一起。多数时间都是在家里，除了吃饭洗澡做卫生，我和他不是在沙发上，就是在床上。不知道还有没有比我们俩更粘人的。可怕的是，回想起来，除了各自的家人，在休息时间里基本上不与任何人接触。同学和昔日的闺蜜也几乎不来往了。我不知道这样子正不正常?”

一位女孩特别担心这样下去会怎么样，专程带着男友来请教我。

我很理解他们的疑问，但我告诉他们，这是热恋才会呈现的状态，是绝大多数人向往的状态。两块“香口胶”粘在一起了，想想就觉得甜蜜，没什么好担忧的。

不过，我建议他们俩共同努力作些改进，因为二人世界仍旧是相对封闭的世界。过于或太长时间沉迷于爱情的二人世界中，可能导致人际交往愿望持续减弱，从而可能会进一步导致部分社会功能的丧失，引起社会适应不良。

其实，有不少情侣有同样的担心，因为陷入爱河后，如此庞杂纷繁的世界，仿佛一下子就变成了门窗紧闭的二人世界。爱情毕竟不是“二人转”，对方眼里只有对方，而应携手前行，多看看外面的世界。

门当户对

你锦衣玉食啥都高大上，我却是个常吃泡菜拉面的屌丝。尽管有个案上的区别，但总的来说理想的婚姻还是门当户对。要求双方条件相当并不是势利，也不是残酷，而是放过，是仁慈。

一对准备结婚的情侣非常郁闷，俩人的关系是相当融洽的，但是两家父母聚在一起的时候，几乎每一次都闹不开心。对此，这对情侣非常苦恼。

有人说，结婚了又不与双方的父母住一起，有什么要紧的？

我觉得，还真的要紧。只要是个正常人，都会有最起码的孝心，这孝心偏向于自己的父母，是由天赋的“自私基因”决定的。两人之间你为我付出多少、我为你付出多少尚且有个比较，对两家的父母也是需要讲求公平的。

婚姻门当户对，并不说明我势利，恋爱确实需要双方教育背景类似，经济状态类似。这样，结婚后，两个家庭会比较融洽。要知道，爱情不只是两个人的结合，更是两个家庭的融合。

两个家庭，带着各自的生活习惯，各自的观念，各自的利益，需要很长时间的磨合。来自原生家庭的有些观点甚至互相对立，生活习惯可能各不相同，这就需要互相理解，互相宽容，互相谦让，互相妥协。

两个家庭的融合要求如此，两个人的融合更要求如此。真爱中，妥协是一种平凡而可贵的品质。

妥协并不代表真爱，但真爱一定会妥协。

因为在乎，所以挑刺

“不在乎你我才不会管你，只是因为爱你我才这样要求。”类似的话粗听会着迷，细听会害怕。“因为我有咬人的嗜好，咬是我表达爱情的方式，深爱就得深咬，你就干脆让我咬个够吧！”爱我，就是你对我为所欲为的理由么？你就能保证你的都是对的，而且都是我想要的么？

一位朋友告诉我，他对女朋友有些不解，感觉上女朋友对他“怪怪的”。

“说她爱我吧？根本就没有，我做任何事情她都不满意，横挑鼻子竖挑眼，鸡蛋里找骨头。”他说。

“说她不爱我吧？完全不是，每当别人对我言语不善，她必定第一时间出来与别人论理、争吵，一定要对方说个明白，并且向我道歉。”他颇感疑惑。

我问他，这怎么着就“感觉怪怪”的呢？从某种意义上来说，爱情就是全面挑错啊！

因为在乎对方，才会专挑他的刺。

同时，真爱也是全程为错误辩护。这“刺”只能自己来拔，别人休想碰！

既然是“刺”，当然是挑出来痛快。有时是这种“刺”根本都没被挑出来，只不过是泄愤的借口而已。在这种情况下，“因为在乎，所以挑刺”就是个伪命题。

最不好驾驭的情感

在游戏中我们体验过两个人各出一条腿绑在一起的行走，两个脑袋、两颗心基本上都各有各的想法，稍有错位就不可能行为一致。

一位女孩问："爱情那么好，我真不想它出问题。但是，谈恋爱以来，我们怎么就问题不断呢？"

爱情就是不由分说地撞进你怀里的东西。

爱情那么好，就好好过啊！却为何爱情总在变幻，致使人的情绪风起云涌，变幻莫测呢？

我如今开始享受平静如水的生活，回想当年在爱情海中的惊涛骇浪，也煞是不解。

可能是爱情打开了情感的闸门，却又随手带上了心智的大门吧？心智的大门锁上之后，所有的情感都可能出问题，爱情当然不会例外。

不仅不例外，爱情还首当其冲，属于所有情感中出问题概率最高的。这大概也说明了爱情本身的不完美吧？

如果人完美得一丝缺陷都没有，如果爱情圆满得完全无隙可乘，都怪吓人的！

若是认可这个道理，就会承认每段爱情与每个人一样，都不可能十全十美。

这样的话，对爱情就会多一些包容，少一些指望，爱情可能会更好一点，更顺利一些。

6 守则

爱情如果变节了

◤ 纪伯伦论及爱情时说：“爱没有别的欲望，只要成自己。”盖伊·博尔顿在《雪莱情史》中说：“爱情是一种双重的利己主义。”尽管有些偏颇，但也大体如此。每个人本来就是自私的，两个人相爱更结成了自私的同盟。正是如此，所谓“不求回报”的付出，在爱情中是不存在的。求不到而已嘛！关于爱情的真谛，让我说什么好呢？还是顺其自然吧！一切感情，都不过是不同温度的血液。任何感情，只有在自然流露，不乔装打扮的时候才有价值。 ◢

爱情安全守则

爱情，也有不磊落的一面。吸引者看起来无动于衷，实际上心理有数。吸引者也是勾引者，可见魅力是钩子，是诱饵，是催情剂。

一位朋友兜售他的“恋爱安全秘籍”。他说：“尽可能让对方率先坠入爱河。只有这样，才能将主动权牢牢掌握在自己手里，避免自己受伤害。”

我倒觉得，恋爱的安全感，不是对方给的，而是自己给的。想要从爱情中获取安全感，两颗心必须各自完整，而不是企图依赖两颗心熔铸成一颗心。

有些恋人指望对方具备自己所没有的优良品质，认为爱情重在互补，一些品质你有了就是“我们”都有了，反正“你的也是我的”。这样的认知显失偏颇，不仅不是爱情的安全感所在，倒会成为爱情的隐患。

安全的爱情不来自反向互补，而是来自同向益增。换句话说，爱情的安全感要靠内心的强大，要靠爱情回归到生活中合适、合理的位置。如果将爱情看成是“压倒一切”的东西，那就很难有安全感。这样的话，在爱情里寻找安全感全凭运气。因为对方一旦不爱你了，就如桥梁坍塌，立时什么都没有了。

内心的强大不是需要，而是不需要。有些人像是没有爱情就不能活，如此用爱情垒起来的内心强大是不堪一击的，爱情一被抽走生命就变得支离破碎。

爱情这东西要得太多得的最少，要的最少反而得的最多。“爱情安全守则”是：给不要给满，要不要要足。

爱情不是由勇气支起的单轮马车

情场毕竟不是兵场，纵有统帅三军之勇，取其首级容易，抱得美人归难，赢得美人心更属不易。情场上徒有匹夫之勇，容易受辱，而且容易留下笑柄。

有的人一谈恋爱就怕，有的人则特别勇敢。为什么怕？怕什么呢？

恐惧者必然懦弱。迈着懦弱的步子进入爱情，既不可能太深入，更无可能太持久。

懦弱，亦是对你爱的人的伤害。一位姑娘要带她男友去见自己的父母，男友总是各种怕，因为男友的各方面离她父母的要求相差甚远。到女方家“上门”这件事，他每次都说会认真考虑，但这一考虑就是三年，姑娘恨死了他的懦弱。

当然，爱有懦弱，也不乏疯狂。爱情的另一个极端，就是为了爱情不顾一切。

爱情需要勇气，但这并不是说有了勇气人就必然强大。事实上，凡是奉行爱情至上的，在事业和生活中反倒可能是弱者。而且，随着爱情的推进，各方面会越来越弱。爱情之火燃尽了志向，焚毁了能力。

为什么？这种人的爱是急躁冒进的，是鲁莽行事的，除了爱的勇气，其他啥也没有。爱情可不是由勇气支起的单轮马车，必须有源源不断的动力供应和耐心细致琐碎的日常维护保养。

所以我不主张爱情至上，更不主张一个人可怜到拿去爱情就一无所有，一无所依。爱情是重要的，但爱情的主体是日常生活，这点不要忘了。抽去了日常生活，爱情就只是空中楼阁、精神自恋与臆想。

爱不需要过大脑

爱情不需要过大脑，是因为其直达心上，一过大脑就成了计较。用直觉观察世界，用身体思考问题，有时比使用智力靠谱。想爱就爱，不想爱就不爱，顺其自然才能归其本位。

一位姑娘谈起她的男朋友，又爱又恨的感觉，非常矛盾。

爱的是他的率真。他是她冬天的一炉炭火，温暖、纯净、透明。

恨的是他从来不考虑现实与未来。他总是使她觉得好像现实与他无关。好吧，那也该关心关心未来吧？可他也总是持“该来的总归会来，不该有的去追也没用”的消极心态，既无远虑又无近忧。

在这位姑娘看来，她男友真是有心无脑之人。在我看来，这样的人倒是挺可爱的，我真忍不住要赞叹一番了。爱，本就只需要入心，不需要入脑的。

爱是直觉引起的生理神经反应，一旦经过大脑的过滤与加工、补充与修正、分析与思考，就变虚伪、功利了，就不再是原汁原味的爱。

爱，无视利益，拒斥势利。爱，排斥理性，唯我独尊。谁在青春年少时不渴望找到一个人，一起“变态”，一起“淫荡”，一起无话不说，一起无“恶”不作？

趁现在还那么年轻，好好享受青春的无拘无束、无忧无虑吧！

爱情同盟

借助爱的管道，一方的善恶，都会快速传送给另一方。如果输送的是善，一个人的善就成了两个人的善。如果输送的是恶，一个人的恶就成了两个人的恶。

一位非常漂亮的女孩子，身陷婚恋诈骗集团，在诈骗集团中负责某区域的色诱工作，而她深爱的男友则负责为她在网络上物色猎物。结果这对情侣双双落网，锒铛入狱。

令人大跌眼镜的是，男友诱导她参与集团诈骗的目的，用他的话来说，是“为了爱情”，具体来说是为了早日买到属于他们自己的房子，共筑爱巢。

爱情好走极端，这在很多方面都会表现出来。其中大家看得到但未必警醒的地方，就是爱既可以为大善，也可以为大恶。

爱情常给人空灵与变幻之感，这或许正是爱情永恒魅力之所在。与心爱的人真情相拥，使爱情空幻的美变得可亲可近，可触可摸，甚至可闻可嗅。爱的空灵由是给人踏实感，爱的变幻由是给人丰盛感。

人们追求爱情的踏实与丰盛，因为可以充实两性之间天然存在的虚空，可以驱赶性及缘性引起的寂寞。难怪人们容易被爱情吸引，直到被爱情催眠，被爱情控制，做出一些使人大惑不解甚至伤天害理之事。

爱情如此美好，乃至人们常常忽略了爱情的恶性。

爱情能使两个慷慨的人变成“自私联盟”，能使两个纯洁的人变成“罪恶同盟”。

爱情走火入魔的时候，甚至能蒙蔽情侣的眼睛，吞食情侣的良心。

爱情创新

爱情是最值得好好经营的，经营得好会产生巨大的收益。但是，其前提条件是两人戮力同心，否则，如其中一人有异想，另一人经营得再努力也是无趣。

爱情是不断完善的过程，人终其一生都无法完全抵达爱情的终端，无法享受爱情的所有妙处，也无法穷尽爱情的一切形态。爱情是一种能力，需要毕生的学习与修炼才能掌握。

刚开始谈恋爱的时候，有些人喜欢全情投入。很快，他们就进入了“没有感觉”、“没有动力”的状态，怀疑自己“丧失爱的能力”了。

即使经历过爱情的打击，也不要说自己永远丧失了爱的能力。爱的能力不会永远丧失的，只不过是燃料耗尽了，需要补充，所以显得动力不足。等到补足燃料，时机成熟，爱情的航船定会再度启航。

爱情是有生命力的东西，不可能一直茁壮成长，有时也需要休养生息。如果爱情一直在燃烧，一直激情高涨，那谁受得了？永远充满激情反而不是一种正常的状态，甚至可以说是一个耗竭的过程。可见，相爱的两个人出现间歇性的情绪起伏，偶有不太好的感觉，是可以理解的。

这个时候，爱的能力提升，或者爱的形式与内容上的创新，显得比较紧迫。爱情的大敌是没有新鲜感。为给爱情保鲜，需要有一点创新能力。一件对方心仪已久的礼物，一份精心烘焙的面包，一壶色香味俱佳的茶水，一次从未有过的床上交欢；一茶一蔬，一招一式，都是爱的创新。在这个日益竞争激烈的世界生活，会有各种各样的小情绪、小焦虑、小愤怒、小变态，可以适时予以安抚，适时给对方些小惊、小喜。

渴望而又惧怕永恒

渴望而又惧怕，大胆而又谨严，疼痛而又甜蜜，秒秒有爱而又时时有恨。这其实是爱情的常态，也是爱情的动人之处。

一位女孩告诉我，她男友实在是太爱她了。有意思的是，男友爱她爱得越起劲，她心里头倒是越出虚汗。她越来越担心，这样浓烈的爱能持续多久？

她由此变得异常纠结，而且这纠结显然是泛化了。每一次男友的建议或者邀约，她都会纠结一番要不要信，要不要去。“既然是爱情，就应该使人舒心、安心，为什么我会有这么多纠结呢？”她不断问自己。

这其实也没什么嘛！爱情中有股深沉的力量就是渴望永恒，而有时又会惧怕永恒。从某种意义上来说，爱情就是拿来纠结的，爱情就是纠结的甜蜜与纠结的忧伤的融合。

有的人为爱给不出去而痛苦，有的人则苦于没什么爱可以给。花太多时间纠结在一些并不值得纠结的问题上，不如干脆去体验或验证一下。体验一下，就能设身处地站在对方的立场思考问题。验证一下，无论证实还是证伪，都有助于做出正确的抉择。

体验，或者验证了，就不会埋怨那些没多少爱能给你的人。只要他们肯接受你的爱，你就应该感恩，而不必去计较他爱多爱少。爱得多固然好，爱得少不是更应该珍惜吗？试想，若是你有满腹的爱却无人肯领受，那是不是比孤独还痛苦呢？

爱情不跟你讲道理

如果你总爱分对错，讲道理，那可能来错地方了。伊甸园里喜安静，忌辩论，所有的行动都由着心动。爱情本身就是道理，完全没其他什么道理好讲。

一位男孩子非常苦恼，诉说他女友非常难伺候。

“凡事都是她说了算，我没有讲道理的权利。

“我不否认她漂亮，但哥们外观也不算寒碜啊！我工作也还不错，好歹是个公务员。但她这样对待我，是不是太过分了？

“非得我围着她转，不然的话三天两头跟我挑事，有时候我就不想理她，井水不犯河水呗！但就算是我根本没惹她，她也会找些不着调的借口生我的气！”

我问他：“你感觉她不爱你了么？”他说：“那倒不是，我感觉她太爱我，完全离不开我。那这样的话应该对我好一点啊！所以我不理解她为什么这样？”

原来，他女友“非常难伺候”，只不过是因为太爱他、太在乎他，乃至生活中根本离不开他。

换句话说，他女友释放出的爱的热浪中裹挟着无数毛刺，使他浑身不自在。可惜，他女友可能对此一无所知。

爱情的逻辑就是这样。不要说你没有惹她，对于深爱你的她来说，没有惹她就是惹了啊！没有惹她，就是对她的冒犯。

知道吗？对一些人来说，不打扰是一种美德。对另一些人来说，不打扰是一种残酷。

人们对爱情的期望与要求是多么“不讲道理”啊！不过，爱情是一个讲道论理的地方么？

爱情如果变节了

如果爱情变节了，他可能是受到更大的诱引，当然也很可能一时被灌了迷魂汤，被“鬼”牵了去。但这样的“鬼”却无处不在，身怀绝技，心有密招，如果你法术一般，就捉了不鬼，驱不了邪。所以，还是得向内下功夫，只要内功强大，“鬼”自惭形秽，就近不了爱人的身。

一位朋友非常不理解，为什么他深爱的一个女人，无缘无故、无声无息地就离开他了。他说自己为“忘恩负义的女人”付出不少，无论是金钱、精力还是时间。

其实，这样不明不白、不声不响离开男人的女人，现实生活中还真不少。没有征兆，没有缘由，没有解释，没有告别，就这么忽然之间不理人了，喝了“忘情水”一般。

所以，男人们要引以为戒。人生中总有些付出，一经付出便覆水难收，可能什么结果都没有。当我们付出的时候，就要做好不一定有回报的心理准备。

特别是种植爱情，更要准备大面积颗粒无收。

爱情如果变节了，请予以理解，就当是爱情转换了忠诚。

请相信爱情会自动追逐最真、最美或者内心最渴望的东西，并且对渐行渐远的爱说出你最好的祝福！

或许那个人是这么想的：我爱过你，那爱还在，但我已离开。

或许不是这么想的，但怎么样都已与你无关。你也无需对真实的答案孜孜以求。

爱是两个人的人生之约，若是其中一人爽约，另一个人就没有必要固执地停留在原处，甚至没有必要徘徊在曾经的记忆中。

装聋作哑，事出有因

如果不怎么爱了，谁都懒得搭理对方。我对你认认真真，你对我随随便便。这假如不是个性使然，便是爱不足量的症候。

有些人感觉很气恼，不明白为什么自己这么爱，对方无事人一般，就是不做出回应。

不是所有的爱都具有相关性。你爱，是你的事，是你的权利。但你的爱有没有附着力，能不能缚住我的心，能不能奏响我的心弦，就另当别论。

不做出回应，可能是他疲了，倦了，累了，厌了。这一段爱情路他走得好辛苦，浑身都没有力气，他无法再假装下去。

不是他不懂爱情，而是你需要的浪漫，他真没的精力给。

有的人可能是厌倦了对方，有的人可能是厌倦了爱情本身。

还有一种可能，对方真的不爱你了。

你在呼唤他，不是他听不见，是他不想听。

也不是他不解风情，而是他就是不想解你的风情，所以他装聋作哑，避免尴尬。

这也给我们启示：即使是多年以后，也不要固执地寻找一个人。真正爱你的人不会离你太远，若是他远离了定是有原因。有时找到是一种打扰，又何必自找没趣。

没力气伪装

激情是个体力活，伪装是件劳心事。激情过后，人会浑身无力。伪装过后，人会满心沮丧。爱上一个人，极难伪装不爱，一个眼神都可能露了马脚。同样，不爱也难以伪装爱，哪怕是拼尽全力，只能是越伪装越糟糕。

“你竟然是这种人！我结婚前怎么没将你识破?”

“我一直是这样的啊！我又没蓄意隐藏什么!”

不要说没有隐藏，不自觉的隐藏总是有的。我们往往是拿出最好的一面来谈恋爱，却将令人嫌恶的一面带进婚姻。

也不要说结婚前对方没有暴露，只是暴露了，却一次又一次，被我们选择性忽视了。因为我们那时还爱，爱着的时候就不是什么大不了的缺点，就算是缺点也觉得挺逗挺可爱的。

这其实不仅是一种选择性忽视，还可能是不敢面对，或是一种爱情洁癖，不愿承认眼睛中有沙子。这种刻意忽视与回避的恶果，婚后激情淡漠之后就会显现。如此，不幸的婚姻，往往就是对恋爱时百依百顺的惩罚。

还有一种可能，就是恋爱时刻意掩饰，或者经常撒谎，向对方呈现的确实不是真实的一面。这样，恋爱时掺进的所有虚情假意，都会在婚姻生活中得到相应的惩罚。

是的，恋爱中所有的不负责任，也都会在婚姻生活中得到清算，还要加上孽息。

爱情与婚姻的简单分别：爱情可以伪装出来，婚姻没办法也没那么多的力气伪装。

爱情是诗，婚姻是清单

对领袖的讴歌过了头，就容易产生盲目的崇拜。对爱情的赞颂过了头，也会形成对爱情的刻板印象。爱情那么好，为何还有伤？其实爱情本来就包括伤的，只是你心里头预设了太多的好。如此一来，受伤就是大件事，没那么好就很意外。

“爱情与婚姻的区别是什么呢？婚姻生活中要注意哪些问题呢？”一位女孩问我。

这问题太宽泛了，我也只能泛泛作答。

先说说区别吧。

如果说爱情是一首诗，婚姻则是一份清单。如果说爱情还只是一道多项选择题，婚姻则是一个更为复杂的问题筐。

如果说爱情是一种急性病，婚姻则是一种慢性病。

如果说爱情常有冲动，婚姻则常有冲突。如果说爱情是比较多的礼让，婚姻则是比较多的妥协。如果说爱情是水晶容易破碎，婚姻则是钻石耐敲耐打。

在婚姻生活中要注意哪些问题呢？

爱情是自然生长，不是人为捆绑，而婚姻则有所不同。婚姻是两个人的共生共长，捆绑即使不是有意为之，至少也是迫不得已。

结论是，婚姻意味着较少的自由，这是肯定的。

婚姻最大的危险，在于使原本都自由的两个人，捆绑成都不自由的连体婴。如果说爱情是对“自性”的培育，婚姻则是对“自性”的破坏。当然，婚姻关系中对双方自性的破坏越彻底，婚姻就越圆满，但这又意味着双方个性与理想比较多的损失。

算计与权衡

没有什么项目的投资风险比爱情更高，因为对此没办法做理性的投资风险分析。“感觉对方比较靠谱，跟着他会有未来。”爱情最强有力的决策权，操之在感觉，理性靠边站，也没算计和权衡什么事。

一位女孩子属于典型的理性思维，她将一些经济学分析方法应用到恋爱中，有时候真的会将恋爱中每一步选择的利弊列出表来，分析收益与损失。有时候会画出一些奇怪的图表，以决定爱情的路径。

我问她为什么这样。她说：“凡事总需要个理由吧？至少头脑要冷静，路径要清晰，这也是为爱情负责。”

好一个“为爱情负责”！我倒想告诉她：女人若想使男子快点离开她，只需学会算计！太理智的爱情，那是算计的爱情，会将爱情的美好算计得无影无踪。

任何算计与权衡都会贬低爱情的价值。

这位女孩解释说：“你误会了。这不是算计，这是深思熟虑、全面权衡。我父母一直这么教我的，凡事想个清楚明白再去做，省很多弯路，至少不会犯方向性错误。”

好一个“深思熟虑、全面权衡”！我真想告诉她：有些事情必须思考成熟了再去做，而爱情应该是个例外。

如果你深思熟虑、全面权衡过了，爱情就掺杂了一些不再美好的东西。

爱情危地

爱情不是人生的高地，而是危地。对爱情开足马力，全力以赴，比较危险。不是说提倡爱情要有备胎，但确实要预备一条退路。

当一个人将爱情视为至高无上，对爱情孜孜以求，并对甜蜜、温柔这些东西感到铭心的快感，那就处在了“爱情危地”。

当一个人对爱情有了深切的幸福与快感的体验，就会渐渐内化为一种习惯性的需要。要得来当然好，生活一切正常，要不来的话对于有些人则比较麻烦，像是“大难临头”的感觉。

一位母亲对我说：“现在的年轻人怎么了？我儿子跟第二位女朋友分手了，当天晚上吃得好睡得香，什么都没发生过似的，怎么回事呢？”

我告诉她，现在的年轻人没怎么了，社会进步了。

她大惑不解，恼怒地说：“这还进步了？将感情不当感情，将来不是麻木了吗？随便就分手也不去安慰一下，将来人要出事了怎么办？”

我告诉她，现在的年轻人没那么专心了，也没那么脆弱了，这是好事。像你们那个爱就是“死去活来”，分了就得“撕心裂肺”的时代，反而不是正常的。

无论是男生还是女生，用情太深、太真、太专，都是有风险的。

心路狂奔

万物各有定数，万事也各有周期。爱是情感属，而情感是流动性的，矢志不渝言易行难。若排除来自道德、舆论、亲友和法律等方面的约束和压力，爱情的周期和寿命可能更短。生活中可以及时行乐，爱情中有何不可？无需顾虑太多，想爱就爱，能多久就多久，能多深就多深。

"若是你很富有，何必做爱的乞丐？"

"若是你很贫穷，何苦做爱的乞丐？"

"爱能暖心，但爱能填饱肚子么？"

随意写下了这三句话，算是对爱油然而生的质疑吧。

有人说："任何不以结婚为目的的恋爱都是耍流氓。"我倒是对此有些不同意见。不以结婚为目的恋爱都是耍流氓么？谈恋爱伊始就得想到结婚那么远么？

明摆着将来会走不到一起，没有任何结婚可能性的，就不能谈恋爱么？

不知道为什么，可能是我碰到的情感问题咨询比较多，见得多了自然不怪，变得更加宽容吧。我对那些不一定以结婚为目的的恋爱倒是没有任何歧视。只要双方乐意，为什么就不可以呢？

爱嘛，有什么是不可以的呢？即使是以性爱为目的，只要互为真诚，那又有什么不可以？

性欲的释放只是本能的释放，若只是释放性欲的需要，在保证身心健康安全的基础上尽情享受就是了。

情感的放纵则是心路狂奔，更令人提心吊胆。若是每次都是全力以赴，可能弹尽粮绝，甚至找不着回家的路。

引燃妒火

正常情况下，爱情易生嫉妒，不允许你爱别人比我爱得多，即便是形式上的爱，并无实质内容，也会引发爱的嫉妒。有的人则无事生事，别有用心地搅起别人的妒嫉心。这种人若只是心理变态倒还好，就怕是别有用心，暗藏祸端。

有位女孩告诉我，说发现自己好像有些变态。她总是喜欢表现出跟其他男生的亲昵或暧昧，煽起男友的妒火，每当她男友感觉痛苦的时候，她却很受用。

她声明说："其实我真的很爱他，但他太老实，不浪漫，初衷可能是想激他一下，让他多培养自己的生活情调吧！但有时候也没有明确的目的，就是觉得他妒嫉心被激起的时候，他像小孩子生气时的样子非常可爱！"

爱情初生时，最难将息的是爱的妒嫉，也就是吃醋。

妒嫉不是体面的情感，却是真爱的内核，尽管其释放出来的光热十分刺眼。

爱的妒嫉中有痛。只要你真爱一个人，并愿意顺着对方妒忌的肌理下探，就能尝到对方的痛愁。

但是，如果你还在乎一个人对你的爱，就不要引燃他的妒火。如果你明知道他会吃醋还要将他丢进妒火中煎熬，那已经与爱无关，而是与变态有关。

甚至还可能是一种报复。也许前任曾经时常点燃你的妒嫉之火，烧伤了你，你现在找到复仇的机会了，想将那种潜意识里的痛苦转嫁给那个爱你的人。

最亲密的“仇人”

由爱生恨，由来已久，屡见不鲜。爱何以成仇？一般是你想要的得不到，而且怎么样都得不到，于是就撕破脸皮，变相发泄自己已没有渠道疏散的爱。再或者心已伤成灰了，和平分手，对方又不肯。不过绝大部分没这么严重，最多是最亲密的陌生人，仇也不过夜。

爱情，荟萃了多少复杂的情感，释放出了多么强烈的情绪啊！只要你深刻地体验过爱情，就不会对任何情感和情绪感到陌生。

心中有爱的时候，恨意也会频生。

为什么会出现“爱之深，恨之切”这种情况呢？主要是将理想化的爱情强加给了对方身上，希望对方如你想象中那么好。如果发现对方并不理想，或者不按照你决定的方向努力，就会产生“恨铁不成钢”的感觉与情绪。

还有一种状态，那就是有些人在爱上面主张收支平衡，觉得自己付出了感情，就得有相应的回报。如果对方的付出不够，或者自己没有感受到，抑或对方付出的东西不是自己想要的那一种，就会有恨意，感到心痛，甚至产生恨意。

不过还好，爱恨交加之时，恨意尚可以轻易平息。

两个世界上最亲密的人，有时就像是世界上最有仇的人。

两个牵着手，挨得最近的人，却是彼此的心头恨，甚至恨得咬牙切齿。

这是不是爱情中才有的独特风景呢？你爱的人当然不是你的敌人，但却承受了你最多的敌意。

其实呢，真爱中并没有敌人，只有敌不住的人。

比拼完美

有的女性心太大，凡是别人家男友具有的优点，她都希望自己男友有。这非常没有道理，爱情也有机会成本，你选择了眼前这个人，就不要再羡慕其他人的优点，就要接纳现实。一味将自家男人与别人家男人对照，既不够尊重，也比拼不完。

一位女孩谈恋爱了，男朋友比她小好几岁。她将男朋友带来请我吃饭，一定要我参考一下他俩合适不合适结婚。

我问她最不满意的是什么？她说："最不满意他没有思想，没有压力，感觉整个人很幼稚很肤浅，很懒散很没用。"

看来，她对他应该是有多方面的不满意。其实，思想深刻就好么？压力大就好么？为什么我们自己都不心甘情愿的东西，就愿意让所爱的人去承担呢？

一问，原来她比他大五岁，很明显是将他当孩子来要求了，所以对男朋友的要求比较高，心情比较急切。

姑娘忽略了人在爱情之中的自我成长、自我完善的能力。爱情不仅是吸引力的竞赛，更是完美度的比拼。

爱情具有一种天然的美化与装饰作用，甚至有一种变丑为美的神奇功效。爱情能使懒散的人精神振作，像是为人生打开了一扇窗，一切都是新鲜的，孕育着无限的生机与活力。当然，对于她的男朋友来说，的确要紧紧抓住并借助爱的助力，全方位提升自己。如果不抓住爱的契机主动改变自己，未免太浪费爱了。

爱一定会带来积极的改变，为自己，更为对方。即使日后爱已去，恋爱时获得的能量仍然会长久存在，徐徐释放，令人终身受益。

7 思念

多情是一种刑罚

人一生最重的思念，无出其二：一曰思乡思亲，二曰思春思性。应该说，两种思念都伴人终生。不过现在，思念眼见快成了濒临灭绝的“珍稀”。“袖中有短书，愿寄双飞燕。”“三百六十病，唯有相思苦。”“不知魂已断，空有梦相随。除却天边月，没人知。”古代那种音讯全无、完全消解不了的愁怀念绪所搭建的伤感意境，在现实生活中越来越可贵了。

爱的“拉力赛”

肯下力，舍得花时间，仿佛全世界的事都不用去干，只需要这样双手托着脑袋，一脸茫然地望着窗外，间或开心一笑。浅浅地思念，感觉极好，这而且是最理想、最有诗意的思念。而力度过大、过于猛烈、过于频密的思念，则要划归激情的思念，或许是荷尔蒙在使劲吧！

“先生，你能描述一下思念吗？思念是什么味道呢？”

电话那头，诚挚的声音有着极力镇定下来的清晰。

女孩想念她的恋人了，听得出刚哭过。

我没有说什么，只是默默地陪着她。很多时候，人们寻求的不是答案，而是陪伴。

但我忆起了爱一个人时思念的感觉，立时心里就风起云涌。

思念魂不守舍，四处流浪，无处停靠。

思念，咫尺如隔天涯。

思念有时苦，有时甜，有时酸，滚出来的眼泪是咸的。爱情的滋味有千差，思念的滋味更有万别。思念是场爱的拉力赛，很苦，很累，也很幸福。

若是转念之间就能将你遗忘，那倒是绝了后患。有时这思念无始无终，没有尽头，真的是很苦很苦啊！

不过，还是允许我思念吧！你偶尔回应一下我的思念就好了。每份思念都扎着一双隐形的翅膀，在每一个凄风苦雨的夜晚，飞抵你的梦乡。各种思念、祝福与祈祷，散去在空中，希望我所爱的人能感受到。

想念到“扛不住”

能想念到“扛不住”，那只有亲情和爱情了。这是人生难得的一种体验。思念一个人，能够入心入骨，甚至感觉到胸肌的疼痛，被思念的那个人，也是此生无憾！

“我其实很享受你是天边的一颗星辰，每时每刻共你静默相守。”

流光的夜里，我们身在一起，心向何方？唯有思念。

那时，我们是异地恋。因为少有肉体的接触，倒也纯洁。我想：最高贵的恋情只能是眼见、心有么？肉体的纠葛，是否就少了些对你的尊重，污损了你的纯洁？

就这样安静地想念，有一搭没一搭的，时光缓而暖。还有什么比这个更令人心软而醉呢？

恋爱中人往往崇尚激情，却忽略了比激情更为细致动人的默契与宁静。

可我更享受这样一种沉静的爱，不急不缓，从容不迫。

思念因为安静更加绵远、笃定，爱情因为安静更加深沉、厚重。

这凤凰花开的季节，想念到扛不住的感觉，像是每一片花瓣都沁透着思念。

不同的因结不同的果

同样是爱情，有人相处得欢天喜地，有人则如身陷囚笼。本可以好好过的日子，却过得混乱不堪。本可以好好处的爱情，却处得如坐针毡。步入爱情的宫殿之前，还是先弄清楚吧！你要的是什么样的爱情，那人给不给得出这样的爱，你配不配得到。

爱情中，有的是宿怨，有的是误解，命运与缘分也主宰了不少。由是，同样的爱情，不同的因结出不同的果。

有些爱情，一开始就注定了结局不妙或没有结局。这多半是由于自作多情，即所谓“自作孽，不可活”！

多情果然是一种刑罚。

我恨我自己，为什么天生那么多情。我恨我自己，为什么那么容易思念一个人，思念一个人就钻进去出不来。

一位帅哥对我叙说他的爱情。他说：“我们的过去或许凌乱不堪，但我收藏着的都是她的美好。”

“为什么会这样呢？爱是一架自动分拣机么？只会运送你的好进记忆仓库？”

“我翻江倒海的爱情，于你却是天高云淡。”这也怪不了人家，是你过于将自己当回事了，将爱当回事了，对方可能真的根本就没有感觉。

我铭心刻骨地疼痛里，有不离不弃的坚强。“我有时被我的坚强感动得流泪。”可是，又有什么用？

有时候会感觉自己很贱。难道我爱情的幸福，就是偏要你给的伤么？

为什么伤里，也有甜蜜？为什么时而甜在心头，时而痛到骨头？

寂寞时填充的爱，不寂寞时会被挤出

意淫的指向可以很多，思念的对象只有一个。寂寞时想起的人很多，却不一定包括思念的那一个。寂寞时说出的爱往往是他的猎物硬要他说，他附议了一声："嗯。"这个"嗯"字，能代表什么呢？

夜晚，因为想念而变得寂寞。

听说，很多人因为一时的寂寞而错爱一个人，更多人因为错爱一个人而寂寞一生。

在我正寂寞的时候诱惑我，这确属雨后甘霖。

但是，你不觉得这是一种犯罪么？

你却怪我"自作多情"，好像这一切都是我自找的。你还说你的寂寞与我的寂寞不是一个概念。这真的很伤我，我很恼火。

我知道，你说的"寂寞"是身体的寂寞，不带爱的，玩玩的那种。但是，我当初与你说的我的寂寞，是心的寂寞，是精神的缺，是思念的空洞啊！

你不认可精神的寂寞，你认为精神的寂寞是无病呻吟，是一种病。但是，身体的寂寞难道不是一种病么？

如果是，与其同病相怜，不如一起治愈。可是，你又不能真的过来陪我。那么，你于心何忍？

还是不要在寂寞的时候谈恋爱吧？寂寞时填充的爱，在不寂寞时，爱就会被挤出。没有爱了，纯身体的寂寞，那我也不是非得找你才能排遣啊！

生理需要不是思念

生理的需要不是思念，只是“想要”。“想要”是索取，不及“我爱”，后者是主动付出。什么是生理需要，什么是心理需要，不是分不清楚，而是似乎没必要分清楚。性和爱情各有侧重。到底是生理需要还是爱的思念，起码自己应弄清楚，而且最好坦诚相告，避免造成误会。

思念有时是痛苦的，但没有什么人可供思念，却是更深层次的痛苦。人终归要与他人建立连接，否则就会陷入孤独。

于是，每天都得有念想。尤其是身陷爱情的岁月，似乎活着就是每天都要有思念。

思念谁并不重要，有思念就好了。

有时候，人真是至贱无敌，似乎经不起平安无事。

什么是平安无事？没有仇敌，没有危险，没有欠债，没有利益的纠纷是“平安无事”。没有感情的纠葛，没有思念与心的挂碍，是更好的“平安无事”啊！

有道是：“世上本无事，庸人自扰之。”

但我发现，有的时候，是我需要了才想起你。越是需要谁，就越是思念谁。显然，需要是生理的寂寞。

但是真的很需要啊，于是被误以为是思念。需要，给人思念的错觉。

我们都有这样的体验：思念总是间歇性的。这充分说明那些被思念的人，其实是借来填填空而已。

思念是个填不满的黑洞，干脆就不要去填。思念一个人会觉着温暖，没人可思念不是也挺轻松么！

8 纠结

无爱不纠，无情不结

爱情就是这么一棵“苦楝树”！再甜蜜的恋爱，都属于“苦恋”。最起码，爱到浓情时，思念分明里有苦涩。“这一路走来，我爱得你好苦。”说的就是这个意思。当然，甘苦也是很难说清楚的。细细品尝，苦瓜也有甜味儿。古龙说：“你若想享受爱情的甜蜜，就必须同时忍受它的烦恼和痛苦。”爱情是两个人的角力和无休止的争斗。你看，爱情要算是最矛盾的一种感情了！

谈恋爱就像扭麻花

无论是在生活中，还是在爱情中，经常会与自己掐架，这也不是，那也不好。谈恋爱，是与另一个自己的对话。自己讲不清楚，另一个自己也听不明白，是常有的事情。所以，爱需要有耐心，自己要先想清楚，想清楚才能讲清楚，另一个自己才能明白，不至于鸡同鸭讲。

生活中那些不经意的轻浅遇见，该是多么惬意的事儿啊。可为什么也会给人带来淡淡的忧伤与怅惘?

“为什么恋爱的时候总是那么纠结？有没有办法解除纠结，你可千万不要告诉我不谈恋爱就可以了啊！”一位女孩子感到犯难，她对进行中的恋情感到迷茫。

她的恋情不很顺利，爱像双刃剑，使她很受伤，不知道该不该谈下去。谈吧，不可避免要背负伤痛。不谈吧，心有不舍，心有不甘。

爱停留在心中有各种不甘，生活在一起又有各种不顺。真是个老大难！正如那首歌唱出的：“爱真是个害人的东西！”

往往，爱缺乏根基，太过狭隘或太过稀薄，没有源头和活水，爱就容易有“贫瘠”之感。当爱开始“捉襟见肘”，剩下的就只有窘迫与尴尬。

谈恋爱就像扭麻花，缠绵与纠结并存并行。在爱情面前，惶惶无措，惴惴不安是正常现象。

纠结的背后是一些关键问题没想清楚，有疑虑，有担心，有不安全感。有一些问题还没找着答案，再或者是一些问题本就没有答案，却偏偏想寻找答案。

“给一半留一半”的男人

人的一生中，爱可能是个恒定的数，因此对爱情进行总量控制有其必要性。一次给得太足、太猛、太多，下一次就不如这一次了，给不出来的感觉也不好受。所以，爱情付出时有所克制，缓缓存、徐徐给比较好。

一位女孩说她十分不爽，因为“男友总是不让她尽兴”。例如，看电影的时候，快看完了都还要提前走；与他同学聚会时，也总是要提前告辞。

“他完全就不是当初遇见我的样子，每天都使我激动，爱得好充实。”

最后，女孩低下头，羞答答地告诉我：他做爱时也是这样，“给一半留一半”。

我很理解她的苦衷。

但是，我坚信她的男友也不会刻意不让她“尽兴”，而是一种不太好的“生性”或习惯使然。

我告诉她，这并不代表他不爱你，有些男人就是这样，个性如此。

有些男人不能做到有始有终，不重视过程的完整性，即使对人生中的所谓“重大问题”，也缺乏应有的仪式感。但这种性格也有好处，就是温和随意，不执拗，不计较。

不可能事事遂你的愿

爱情，爱幻想，爱夸大其辞，爱煞有介事，爱画最美最美的图画，爱读最美最美的诗。爱情与文学艺术所需要的气质极为接近，能使所有坠入爱河的人徒然之间成为作家、艺术家或诗人。

在爱情生活中，双方的关注点与需要是不尽一致的。解决这类纠结的方法就是尝试站在对方的立场，尽可能多地为对方着想。

最起码应该想到，我们原本陌生，现在共同点是越来越多了，对方也在慢慢靠近。

人海之中，我寻到了你。于是，我们往往就觉得你啥都应该与我一样。

这种预设其实是不成立的。两个原本互相陌生，又或者是知之甚少的人，怎么可能就因为建立恋爱关系了，就事事遂你的愿？

看起来，大家都会犯这种错误：将爱情的“神遇”当“神迹”，将“巧合”当“天作”，将“或许”当“必须”，希望神奇会持续不断地发生，希望天天有惊喜，对对方的期望值不断攀升。

热恋的人们似乎都忽略了，当初的激烈不可能永远，时间久了必将归于平淡。

只要你的今生

现世不尽安稳，但毕竟可碰可触，而来世不可知。人活着不容易，这一生差不多已耗尽了我所有的激情。来世连想都不敢想，万一来世你不来呢？激情所剩不多，我愿意倾心陪你。

青葱年华中，容易因为太莽撞，失去一个爱的人。成熟了，却又容易因为太理性，拒绝一个爱你的人。

爱情几乎就是“纠结”的同义词，无爱不“纠”，无情不“结”。

不只有心的纠结，更有身的纠结。例如，对于像我这样一个感性的人，经常纠结的问题是：“拥抱如果不解渴，你还会要么？拥抱而不让抚摸，岂不是更难受？”

持“爱情必须浪漫，不浪漫就不算是爱情”这类观点的人，无论是心里还是身上，总有些“小小坏”。这类人，经常会有是收心还是再玩时的纠结：“不收心是不太好的我，收心了又不是好好的我。”

类似的纠结，不胜枚举。

我是一块石头，遇见你时，已经砌进了别人的岸。但遇见你后，我分明有一种豁出去的冲动。

你说让我们相约来生。但我真的不想等到来生。我只要今世，等今生快结束的时候再说来世行吗？

既知还有来世，何不了在今生？来世咱俩谁也不欠谁多好！

我只要你的今生，将你所谓的“来世”留给别人吧！

只怪你身上万恶的纯理性

谈恋爱的时候，最怕一个人理性，一个人感性。遇到一个冷冰冰的“纯理性”，那感性的一方就倒霉了。其实，所谓的“理性”也可能是个借口，真实原因是对方还没特别有感觉，或者你的魅力还不足够打通对方感情的通道。

谢谢你的婉拒。

未来之路遥不可期，相信将来某一天我们终归还是能够重逢的。

分手，是为了重逢更加喜悦。

你且缩回你的壳吧，我不悔我一个人的鼻青脸肿。

我决定重返我一个人的孤独，以实际行动捍卫你所谓的“自由”。

我将用我的泪水建造那护城的河，拱卫你的“自由城堡”。

你不用假惺惺地为我心痛。我不想为你心痛，也谢绝你为我憔悴。

我不怪你，只怪你身上万恶的纯理性。

爱会滴血

“你干脆就杀了我吧！”爱到不能爱，很多人会绝望至极。但是，别人对你无冤无仇，怎么犯得上他拿刀子来捅你呢？人家只是不爱你罢了，你就能以死相逼么？

“谢谢。”

这两个字从你的口里说出来，刺得深爱你的人心好痛。

为你做了一点事儿，需要那么夸张地客气吗？

你问我为什么要对你那么好，这叫我怎么回答。仅此一问，我已泪眼婆娑。

亲爱的人儿，我委屈的泪水中含有一往无前的幸福。就像你让我一饮而尽的硫酸，瞬时的灼烫，也能逼出我幸福的热泪。就像你刺入我胸口的刀子，瞬时的刺痛，也使我觉得有幸增添了哪怕一点点快感。

我作，我受。你要，我给。只要我能为你做点什么，只要我们还有一丝丝的联系。这都是你对我的恩赐。

即使我付出全部的力量助你，却只能换来你一个礼貌的“谢谢”。

只是，背着你，我的心会哭泣。爱会滴血，你体验过么？

只是，此后若有个人在你面前真诚地哭，哭得像个孩子，你要珍惜。

所谓“犯贱”

明知人家不愿意给你，你还是硬着头皮索要，不是“犯贱”是什么？而爱情中，你若是让人感觉出“犯贱”，那好的印象可能也会变不好了。不是对方形象有多高大，而是自己精神上过于卑微。不就是爱么，缺了也不会死！

你爱那个人，就是抬高那个人的地位，降低自己的地位。

有些人对爱情各种歌颂，各种膜拜，其实这都是还没受够爱的煎熬，等受够了才懂得不依赖爱情的好处。

我理解，并尊重你所谓“不想让我养成依赖的习惯”的理由。但你得知道，我的“理解”好牵强，我对你的“尊重”里亦有隐忍与心痛。

你有没有自问过，我为什么会依赖你呢？

因为我们总是想与美好的事物、美好的人在一起。可见，依赖爱情，其实是依赖美好，是对美好上瘾。

越美好的东西，你就越是想得到。你越想得到的东西，你就越是心怀恐惧。

美好的东西，当然就唯恐失去。唯恐失去，就难免乞求，难免犯贱。

“谁让你依赖我？你上瘾了是你自己的事啊！你没得到我又何谈失去？”

听见了吧！所谓“犯贱”，就是有头有脸的我，忍受你没头没脸的伤害。

至此，你懂得“全心去爱一个人有可能得搭上自尊”的道理了吗？

远了冷，近了疼

爱情像一部大片，剧情并不复杂，细节大同小异。一段爱与十段爱百段爱走的流程基本相同。体验够了，对爱情就不会有那么多新鲜感，就不会那么强烈地憧憬爱情了。

我一靠近你便燃烧。你对我的爱如此强烈，照得人心里发慌。

爱情有段无法掌握的距离，远了冷，近了疼。

对于我爱的人，最怕她慢热。对于我不爱的人，又最希望她慢热，而且最好是慢到她自己离开之前还没有热起来。

有人爱感觉太累，没人爱又感觉太空虚。

生而有爱可恋，即使恋爱时有疼痛、有忧伤、有纠结，难道这样还不够幸运吗？

有几个人能给你甜蜜的疼痛，又有几个人能给你美丽的忧伤，有几个人能让你纠纠结结、藕断丝连？

当爱已刻骨铭心，我宁愿丢盔弃甲，勇敢地踏上征程，接受爱的祝福，甚至爱的伤害。

“恋爱公德”

本来好端端的一段爱情，被弄得不成样子，末了还要扯皮拉筋，令人唏嘘！境界不高，认知狭隘，观念陈腐，自私可怜，这样的人才会在人家不爱你之后依旧蛮横无理。追人家时死缠烂打，分手了还要胡搅蛮缠，似乎是要将“自掉身价”进行到底。

原本一段好好的爱情，慢慢地就变得不好了，其中一方提出分手，这本是很正常的一件事。

但是，有时就会有一方坚决不同意，自己不好过，也不让别人好过，甚至由爱生恨，渐变成仇。

爱的时候越缠越爱，不爱的时候越缠越烦。

不健康、不正常的爱情几乎都是从爱别人开始，到恨自己也恨别人结束。

健康的、正常的爱情几乎都是从爱别人开始，回归到爱自己且宽恕对方而结束。

真爱是无私的，总是想给对方带来快乐。而那些爱情的自利者，一旦得不到想要的快乐就不罢休，胡搅蛮缠，结果就毁掉了那段美好。

这样的人不但无耻，而且可恨。无知与幼稚葬送了原本好端端的爱情。

最恐怖、最不幸的爱情莫过于从缠绵变成纠缠，纠缠能将心里残存的爱，连同记忆中的美好，还有一些感恩的情怀，毁灭得荡然无存。

可以纠结但不可以纠缠，这应当成为“恋爱公德”。

9 疼痛

无爱不痛，无痛不爱

人有情感，又有意识，这就决定了人类注定要受伤的宿命。爱情使人变成孩子，出于绝对的信任，人们往往卸去了防御的铠甲，赤身、裸心相见，整个身心一下子变得异常敏感和脆弱，受伤是难免的了。“我往前飞，飞过一片时间海，我们也曾在爱情里受伤害。”网上有人就这句歌词提问：“为什么我反复读，怎么也读不懂?”我的回答当然是：你没有谈过恋爱，至少是还没有失恋过！但网上有更好的回答：“时间之海中居住着魅人的海妖，她们歌唱爱情蛊惑人心。你飞过，中了招，不能自已，坠海受伤。”爱深几许，创痛就深几许！没有创伤的不叫爱情，没有创伤的不叫失恋！

如果不能在欢乐中相处

爱容易，相处却难，因为爱是柔对柔，相处是硬碰硬。即使是各方面条件都好，也不见得能相处愉快。阴阳轮回，爱恨交织，如何相处委实是门太需要学习的艺术！

我本想抚平你的忧伤，却总是戳到你的痛处。

谁也没有故意，所有的挑刺也不知是为什么，也许每个人的成长都需要经过漫长的任性。走过懵懂与青葱，走过冥顽与执着，甚至走过单纯与率真，才会明白爱情其实也需要温润与平实，需要隐忍与呵护。

深爱是好的，但深爱需要绝对的信任与毫无保留的付出。这使真爱看上去更像是一场宏大的赌局。也因此，爱情的天空也如大自然的天空，风云变幻、阴晴不定。

爱情路不是铺设好的绿色通道，是设计不来的，爱情自有其运作规律，不可能都听你们的。

所以，即使你是我的天使，我也不能给你承诺什么。因为这是在凡间。

谁都有琐碎，谁都有日常，谁都有不堪，谁都有无力感，爱情自然也不例外。

爱情啊，你就像是满天的繁星，每一次闪烁都是你不怀好意的笑。

爱是缘分，岂能违拗天意？

如果不能在欢乐中相处，那就让我们在心痛中分离吧。

得一人而痛之恨之

得一孝子教而养之，得一佳人痛而恨之，都是很有乐趣的事情。浪漫不一定是守着青春不放，也是守着爱情一起白头到老。爱情不是唯美插画，有痛、有恨才真实。爱情的千滋百味里有姹紫嫣红，泪眼也闪着光！

“爱情是什么?”

在一堂爱情讨论课上，有人说爱是甜蜜，有人说爱是忧伤，有人说爱是怅惘，有人说爱是极致的幸福，有人说爱是特别的伤痛，有人说爱是最大的烦恼。

爱上一个人自然少不了烦恼，而且远大过被人爱的烦恼之和。

然而，深深的痛里面饱含着浓浓的爱，这也是只有爱情才能出现的奇迹。

爱一直有痛，还有伤。如若无痛，那可能不是爱，仅只是深深的喜欢而已。

感到疼痛不一定是因为不美好，相反，美好的记忆使人更痛。过去的美好一直停在那儿，旧情人一直是容颜姣好的模样，总是唤起人错失的遗憾与疼痛。可见，痛也未见得不美好，更不见得除了痛就没有别的益处。

所以，只要不是一直痛，烦恼就烦恼吧！爱情之烦恼，有几人得以亲尝？得一人而痛之恨之，烦之恼之，又何尝不是一种幸运。

爱是掏空

欲是被填满，爱是被掏空。爱情最鲜明的特征是施，而不是受，这是爱情最可宝贵的地方。爱没那么复杂，无非就是像对待孩子的那种无私奉献。越是爱，越是不会想到索取，只知道持续不断地给，生怕给少了，生怕给得不对。

爱在喜欢的时候就悄无声息地降临到灵魂中，两个人到达一定的温度就“自燃”了。

爱情会像炭火一样红彤彤地显现出来，难以隐藏。任何遮掩爱情的行为都是掩耳盗铃、欲盖弥彰，同时也是扬汤止沸。

爱情发光发热，有时也会短路，烧毁一些可能比爱情本身更值贵的东西。

但是，一个没有储存多少爱的人，是不经烧的。试想，一滴露珠如何能抵达太阳？不管你有多爱一个人，还是得先估摸一下自己的能量。尽可能储存了足够的能量再去开启你的爱吧！

能量的储存是一方面，但即使储存了足够的能量，若是用情太深，也是有问题的。譬如飞蛾扑火，怨不得火的美丽，怪只怪飞蛾全心全力。

所以，爱一个人的时候，得记着给自己留点什么。

当你将自己一点一滴完全掏空的时候，你还有什么值得他进来探索与留恋的？

守住爱情的尊严与完整

作为全人类共同敬奉的图腾，守护爱情的尊严需要每个人的参与。爱情的尊严不仅仅是个人的事，更是人类集体的荣誉与福祉。所以需要善待爱情的各相关参与方，看在爱情的份上，都不要过于绝情。即使分手，条件具足的话，不妨送上一程。

一段铭心刻骨的温柔若是无法继续，便只有毁掉才能镇痛。

然而一旦毁坏，也就像打碎的花瓶，碎片随之被扎进记忆深处，变成不绝如缕的钝伤。

看来，对待不可挽回的美好，唯有隐忍，才能守住爱情的尊严与完整。

有些爱，你只愿它是一阵子；而有些爱，你希望它是一辈子。那些不期而遇或突如其来的爱情，其实可能已等待好几辈子了。

爱情大厦的建造需经年累月，而毁坏它只需顷刻之间，一句恶毒的咒语即可。

似此，爱情还不值得珍惜么？怎可以轻率？

有些人认为爱情没有原则，伤害没有底线。这种爱情人格的缺失，会将自己推入万劫不复的深渊。

像这样，最终毁灭的不只是这一段爱情，还有对爱情的全部美好记忆。

由爱生恨

由爱生恨，犹如肿瘤由良性转为恶性，是“爱伤科”的重症。这种转化通常要经过不短的病程，由于是渐进式的，不太容易觉察，一经发现已经扩散，较难治愈。由爱生恨治疗方案首推心理预防，注意观察爱出了什么问题，即使不爱了也应提早落实对方的知情权。

若说爱情之中有什么不可解的魔咒，那就是稍有不慎就可能由爱生恨。

由爱生恨不只是毁灭了爱情，而且还残暴地掳走了相恋时所有的真诚与美好，遗留下的只有一堆恨的骸骨。

注意到了吗？你所钟爱的人带给你心灵的创伤，可能不比你所厌恶甚至是仇恨的人带来的少。

由爱生恨，可能是我们对对方指望太高，导致落差太大感觉有伤害，或者在爱情生活中过于任性，只顾自己快活不顾对方的感受，做出有伤天理乃至丧尽天良的事来。

如果任性成了无理的纠缠，嗔怪成了恶毒的咒骂，爱情还剩下什么？

宠溺与骄纵只会使任性变本加厉，爱情可以伤透脑筋不可以伤透心。

我未必心仪那些用心呵护我的人，但动辄伤到我的人也非我所愿继续交往的。

爱情的死因

误会是爱情的致病菌之一，一旦被感染，病程发展很快，若不及时采取措施，重者可要了爱情的命。误会无孔不入，由于痴情者属于过敏体质，越看重爱情越易感，误会得以轻松传播并潜伏下来。有的爱情会猝然中断，对方突然就完全不理你了，或者就此消失，给另一方留下永远的疼痛、创伤与不解。

有人问我："爱情想要好好进行要防范些什么？"

还有人问我："恋爱要注意些什么？什么因素容易导致爱情夭亡？"

我立刻想到一个关键词：误会。

没错，就是"误会"。

误会多了，深了，就懒得再去理会了。

我知道你很美好，可那又如何？生活不就是不断丢失的美好么？那么多、那么深的误会，我如何能搭救那些美好？

误解毁坏了多少原本美好的恋情！

话说回来，又有多少恋情建立在误解之上？

从这个意义上讲，"误解"更像是爱情的轮回和宿命。

爱情的死因也是很多的：一些爱情死于过分黏稠，一些爱情死于身心俱疲，但更多的爱情死于误会。

这都是些屈死的爱情啊！不是不爱，是误会太多、太重，多到化不开，重到拖不动，每走一步都那么困难。

爱情病毒

无人不说爱情，设若有一种“爱情”探测仪，只要往有人的地方一放，估计就“嗞嗞”直响，因为每个人都带有爱情电荷。人类对爱情的依赖与渴望达到了无出其右的程度，以致没有爱情我们好像无法呼吸。

很少有人意识到，最想要的东西往往伤害我们最多。譬如爱情在某段时间里是我们最渴求的，却往往就在那段时间里，爱情蛊惑与耍弄我们最多。

爱情是什么鬼？如此捉弄人？

伊始受到些爱情的诱引，感受到一些美好是人之常情。但若感觉到这诱引不现实或有危险，则必须当机立断。若任其蔓延必淹没理智，若任其继续必得沮丧。

不是爱情如鬼将你捉弄，而是你自己对爱情的欲望如此强烈，将自己变成了爱的囚徒。

如此看来，得每隔一段时间要将自己的心境扫描一遍，看看有没有感染一种叫“爱情”的病毒。

如果不喜欢爱情急性发作时的潮痛，或慢速运行时的钝痛，就得毫不留情地将感染爱情病毒的记忆内存清除。

爱情急性发作时

爱情急性发作时，人与发情的狗没有差异。但狗关进笼子里就行，最多也就企图冲出围笼时擦出点皮外伤。爱情急性发作期间，最容易做出疯狂的举动，完全不顾自尊，卯起劲来伤害，事后追悔莫及。

“为什么我会如此倒霉呢？我就像个不知疲倦的狗，一次一次自信满满地冲进主人家，主人也接纳我了，享尽百般宠爱，但是后来不知怎么地，相处过程中出现各种问题。到了最后，我只好走出爱情城堡，成为一只四处漂泊的流浪狗。”

“流浪狗”、“四处漂泊”，我听着心都快碎了。这是许许多多男人的恋爱体验。恋爱过程中，会有各种问题，如同穿越丛林的游戏，穿越过程中会冒出意想不到的东西阻止你，使你感觉到种种不顺利。

当爱不可持续的时候，爱会令人痛到抽搐，你像婴儿一样无助、茫然、哭泣。为爱情撕心裂肺，归来后都会有密密麻麻的伤口等着愈合。

爱情急性发作时，身心特别敏感，情绪变化巨大。一会儿发誓挥剑斩情丝，一会儿觉得还是不要冲动。一句温暖的话你会拿着捂好半天，一句不中听的话则会像一盆冷水将你浇透，而一句令人费解的话，则令你百思不得其解。这种痛，如同汹涌的潮水，永无止息，是一波一波的，冷热交替。

急性发作多了，爱情就进入慢性运作阶段。这个阶段，由于此前的全身心投入，人终于精疲力竭了，变得麻木。如果真能“麻木”倒还好，偏偏这“麻木”只是个假象。爱情的麻木都只是剧痛之后的休眠。过后只要还想着对方的好，想着在恋爱期间丢失的自尊，想着自己曾经的屈辱，懊恼、悔恨、矛盾、纠结等心理感受交替侵袭，就会一会儿心痛，一会儿心寒。

怎么判断你已经陷入爱情

爱情最可宝贵的地方之一，就是沦陷。沦陷是真正的进入，就像蹦极运动，完完全全地豁出去了！这样真正巅峰的体验，人生中没有几次。有的人相爱一生，但也许爱得很浅，没有体会过沦陷感，其实也比较遗憾。

有人问我："怎么判断你已经陷入爱情。"答案五花八门。

我给出的答案是：开始觉得痛就俨然有爱了，为爱受伤的时候爱就深入骨髓了。

"那可怎么办呢?"人们在错愕、惊讶、认可之后，纷纷提出这个问题。有人追问："那是不是要小心翼翼地去爱，尽量不要陷进去?"

这是一个两难的境地：没有全身心投入过爱情，体验不到爱情的甘美，但全身心投入爱情，往往更容易受伤害。

为了不受伤而小心翼翼地去爱，的确不够真诚。只有全身心地投入过爱情，尝够爱情的艰辛，才知道"行有所止"其实是需要的。

远离爱情，保全小命

爱情太平常没有什么意思，想非常又有风险。能将爱情生活过得顺风顺水的人，需要极高的情商与智商。那些为了爱情不顾一切的人，受了激情的指引，将爱情生活过得大起大落，险情迭出，也是匪夷所思。

在恋爱的各种惶恐之中，最怕对方会抽身而退。

若是那种吵闹得鸡飞狗跳、心灰意冷的爱情，倒也不足惜。最难割舍、最难将息的，是那些安暖柔绵、刻骨铭心的爱情。这样的爱情一旦失去，就有一种将生命都抽了去的感觉。

“珍惜生命，远离爱情”之说有些夸张，但不慎堕入爱河，“保全小命”的确也很重要。

如果预知某段爱情有危险，那么，爱情飞得再高，也必须迫降。爱情再美好，我也得活命啊！

如果确有必要结束一段恋情，那么就在爱情低潮的时候顺势而为吧！请不要迫降在爱情之翼越飞越高的时候，残忍地让冲天的浪漫坠落成一地鸡毛似的遗憾。

不过，若是你耐受力强，能忍住痛，不妨这样想：反正总是一个“死”？既然爱在巅峰，就拼死享受一回吧！

爱的“杯弓蛇影”

在爱情之中，人犯贱、受辱的机会相当多，最容易好了伤疤忘了痛。另一个极端，是杯弓蛇影，一朝被蛇咬，十年怕井绳。这显然是被爱情伤得不轻。

爱就如同掷出一支回旋镖，会反弹回来伤人。所以爱上一个人，痛的多半是自己。

被爱伤着就希望尽快痊愈，可一旦痊愈又会有落寞。痊愈得越快就越是落寞，有时还会对那段感情质疑。

好像没对我造成多少影响与困扰嘛！原来不是离不开啊！离开了也没什么嘛！

其实呢，爱情受伤后，最理想的状态是无法愈合。爱情的伤一旦痊愈，蕴藏在其中的甜蜜感也没有了，剩下的全是爱情的苦涩与悲凄。

在生命的万千伤痛之中，唯有一种伤痛傲然屹立，凌厉且清晰、深沉而持久，这就是爱的伤痛。爱的伤痛使人变得迟钝、呆滞、沉默寡言，似秋风阵阵催人老。但是，这种伤痛却又可遇不可求，极为珍贵。

经历过爱情创伤的人，再次有缘爱情的时候，会有一种本能的类似“杯弓蛇影”般的恐惧。再次陷入之前，他们胆战心惊，必得一再掂量，反复权衡。因为即使是平静的湖水，他们也畏惧那波涛汹涌的大海。

所以对待有过爱情创伤的人，要给予理解，同时也要有足够的耐心。

我爱得太多，你又给的太少

爱情虽不是等价交换，但一般人都起码要做到对等。我给你舀了一瓢水，不指望你给我打一桶水，舀给我一瓢总可以吧！其实这真不能一概而论，爱的产量不同，爱的比重也不同。

实际上，没有你的日子里，什么都是个缺。世界是缺的，心是缺的，八月十五的月亮也是缺的。

美丽的邂逅会留下“后遗症”么？从此路遇的每一位漂亮女子，都好像是你的化身。

你是觉得我其貌不扬么？其实，外貌相差甚远又有什么关系呢？只要真的相爱，只要精神气质上有“夫妻相”，那便足够相守一生。

我要的是永久。你如果给不了我，就不要起这个头。我的爱情哲学是给就要给满，爱就要爱够。

遗憾的是你显然不是这样的人。你那么吝啬，难道是“越吝啬越珍贵”么？其实，你给我幸福很简单。你有九牛，我只需你拔一毛而已。你抽一丝温情，我就是满心的温暖。你说一声思念，我就会乐得一夜睡不着。

唉，有什么办法呢？我总是爱得太多，你又偏偏是个给得太少的人。

给多少就收藏多少吧！你如果只能给我一段，那就让我将这一段当成永久。

“戛然而止”的爱情

有些人对待失恋大有手起刀落之潇洒，绝不留首尾。“我们不能再在一起了。”“哦。”一个“哦”字就告结。更多的人则没这么幸运，常常要死一回。重生之后，以后再怎么恋爱，都给人要死不活的感觉。

“如果明知道谈成了也结不成婚，还要不要继续谈下去呢?”

其实，碰到这种情况的大有人在。

如果预知某段爱情注定要终止，那么继续谈下去，累积的美好越来越多，其实相当于为将来储备悲悼的记忆。

越是美好，日后回味的时候会有更多的心痛。所谓“割爱”，就是生生割断你正爱着的，这需要多大的勇气!

可是每一种缘分，在未尽的时候想结掉它，其实是很难的。真正的爱情，想要彻底放弃，非大病一场不可。

单方面活生生中止正在进行的恋情，是很残忍的。爱情路上，最怕的终究还是有人临阵脱逃，突然撤退，或毫无征兆的失踪。每一次爱情被迫停止，都如把生命活埋进坟墓。那些像琴弦断裂一样戛然而止的爱情，带来的疼痛与后遗症远超乎想象。

人生在世，无论你爱或者不爱，活着就难免被伤。要么被爱的人所伤，要么被不爱的人所伤。给你最多美好与最深伤害的那个人，往往是注定你要爱很久的人。

所以，我们不妨为爱多做些准备。

10 失恋

愿赌服输的勇气

“遭到拒绝的人，长得丑陋的人，不幸的人，单相思的人，胆怯的男女，唯有他们才了解自己所爱的人声音里包含的奇异的珍宝。”“阿 Q 式精神胜利法”娴熟运用，总安慰自己失恋使人加速成熟。关于失恋，怎么说好呢？失恋是不幸的，没有经历过失恋的痛苦则更其不幸！不过，失恋又有什么关系呢？“心是用来碎的。”王尔德如是说。

一种成人游戏而已

想要在爱情中不受伤，或者减轻伤痛，有一种“精神胜利法”还比较奏效，就是将爱情当一种成人游戏，即使玩出了什么问题，我们可以说：“没啥，不就是个游戏么？感谢我们玩得那么认真，那么入戏，感谢你配合得那么默契。”

恋爱是一场严肃的事情，需要认真对待。但过于认真，过于严肃，却不见得是件好事。

爱的生离，也是死别。每个走进你生命中来的人，走的时候都会剜你一瓣心。

我常想：如果恋爱多一点“娱乐精神”，少一点郑重其事，就不会恋得那么苦，爱得那么累，失恋时也不会那么痛。

本来，恋爱就是一种成人游戏。

或者，就当是发生了一件特别倒霉的事吧！生活中倒霉的事多了去了！

对的，就这么“玩世不恭”，就这么自我解嘲。

深爱后的深痛是不可避免的，或早或晚发作而已。自我解嘲也就是那个当口的痛会少一丝，过后还是会感觉到胸口的隐隐钝痛。

但是，自我解嘲是让心吹吹风的方式，会使创口更易愈合。

深爱，然后深痛。自我解嘲就像是深呼吸。如此，才能慢慢复归理性，平静地接纳任何结局。

为捍卫尊严而告别

爱情与尊严，哪一个更重要？死皮赖脸地乞讨爱情，是否值得？是否已经超出爱情的范围，算得上是一种病态？幸好爱情的尊严，别人伤你也好，你自伤也罢，绝大多数都是无心为之。若是误会，误会消除后，会加倍拥有爱情的甜蜜。

如果说感冒是身体在排毒，我深信流泪是心在排毒。失恋后的纵情流泪，排的是爱的毒，洗刷的是爱情的委屈与羞辱。

如果你还爱着那人，那人却不再爱你了，就干脆洒脱地告别吧！爱情需要尊严的，如果尊严都没有了，即使拥有爱情，也不会带来幸福。相反，倒是只带来无尽的乞求与耻辱。

如果那人不再爱你了，而你依然爱着他，那就要着手转变爱的方式。“隐身”关注诚然不错，最好还是“慧剑断情丝”。

遇见是遇见的缘分，告别是告别的缘分。

谁说告别不是缘分呢？与绝大多数人告别是无须打招呼的，而与这个人，则需在感情上无数次地挽留与欢送。

爱情国里，迎来送往拥挤不堪，分分合合永无宁日。

要想洒脱，就得解脱。唯有解脱，才能超脱，超脱是人生中的最潇洒。

所以尽管告别吧！从此不再纠结，还你自由与清净，比起那些难以摆脱的纠缠，被告别是一种多么值得爱惜与感恩的缘分！

牺牲自己的爱，还别人以轻松自如，是成全别人。失恋之痛，因为品格的崇高而减轻。

“狗尾续貂”只会自讨没趣

当断则断，磊落干脆，像一名决斗士，输了就是输了。世上没有谁是常胜将军，爱情也是这样。只不过是输给一个人，并没有输给全世界。

恋爱是一所学校，是教授一系列情感体验课。

恋爱会让人体验到几乎所有情绪，因而恋爱是难得的练习控制情绪的机会。

失恋是成长的契机，不妨把弃你而去的人当作是上天派来教育你的人。

恋爱将人变成淘气的孩子，失恋又将这孩子变成落魄的老人。

可失恋的悲伤，会慢慢转化为生命的意志与力量。而那些失恋后一蹶不振的人，白白糟蹋了这天赐良机。

去爱需要勇气，失恋更需要决断。“狗尾续貂”只会自讨没趣，犹豫不决害人害己。

放掉所有的曾经，让结束来得更猛烈些吧！要相信，失恋带来的痛苦，会使生命变得厚重，使思想变得深刻。

当然，失恋只有经过思考才会受益。那些无法从失恋中发现自己的弱点与不足，不懂得反思与自省的人，就是失恋了一百次，再谈恋爱也只能是过程的重复，因为他根本不关心其所以然。

“下一班车”早已取消

安安静静地等下一班车，左等右等不来，原来是早已取消了。自己不知道，也没人提前告知，这种沮丧的感觉真难受。失恋，就是这般感受。爱情总有意外，那就当成是没赶上那班车吧！

一位女孩子问我：“他一定是不爱我了，我是不是该结束了呢？”

他们是异地恋，差不多有半年时间，他们才通了不到十次电话。

她知道男朋友不爱她了，但还是心心念念地希望出现奇迹。

付出的真爱，若没有回应，剩下的便只有忧伤与无奈。

爱情中，有两种遭遇是刻骨铭心的。其一，是在刚遇见的时候就思虑着说再见，而对方因为一见钟情已率先坠入河，岂不如当初不见？其二，是在相爱正欢的时候说要分手，对方完全没有心理准备，又不给适应期。这些，真的太残酷！残酷又如何呢？谁规定过、谁又能保证爱情只能在双方都想结束的时候结束呢？该到来的终究会到来。

而这位姑娘所说的情况，所谓“爱情”只是单方面存活着。对方既然早就不爱了，早就从“两情相悦”变成“单向爱”了啊！可惜，姑娘仍然认识不到这一点，反问我：“万一他回心转意了呢？”

有时候，我们死守的所谓“爱情”，可能早就是一个“空壳”了。

你等的“下一班车”早已取消，只是没有人知会你。

其实，不是过去的爱有多可爱，或仍然可爱，而是你固执地停留在原处，不肯走开。遗憾的是，爱火只会自行熄灭，被爱蒙蔽的人是固执的，任何劝说都是徒劳。对于痴迷于爱情中的人来说，旁人给的建议在他看来都是纸上谈兵，只会带来更多的疑问与纠结。

爱情征战中要懂得自救

如果你水性不好，还没学会游泳，那就得带个泳圈。谈恋爱也是这样，稍作心理防备，谨防不慎坠入爱河，命遭不测。对方确定要跟你分手，救你的唯一办法就是不救你，让你死了这条心，所以你必须懂得自救。

爱情是一场艰苦卓绝的战争，多数爱情在这场持久战中阵亡，很少修成正果。

失恋后，如何放下对所爱的人的牵挂呢？有一种简便易行的办法，就是败坏这段爱情，就像砸烂一个好看的花瓶。

可谁舍得砸烂那些美好？所以，什么离不开、割不断，都是借口。不是离不开爱情，只是你的意志还不够坚定，也不够残忍。

爱情在不知不觉中到来，接着是全面入侵，紧跟着是占领与巩固。爱情的特点是主动进攻，被动撤退。

从爱中退出的人，从不会心安理得，撤离中亦浑身是伤。爱能全身退出，却难全部忘怀。

爱情会受伤，所以要准备好，同时要懂得自救。

失恋后自救的一切办法都合乎人道。

就当是丢失了一件玩具

丢失了一件东西特别悲伤，是因为你太宝贝它了。分手也是这样，如同塑了好久好久的一尊神像，突然之间破碎坍塌了。爱情的天空有不测风云，想云淡风轻，少受分手的痛，最好就当是丢失了一件玩具。

只要能够抱住你，就感觉拥有了全世界。然而，当我放下你，或者你推开我的时候，世界并没有消失。

儿时哭得死去活来捍卫的那些心爱的玩具，能经常忆起的能有几件呢?

就将失去的爱情当成玩具好了!

对待死去的爱情，有些人会欣然忘记，有些人则耿耿于怀。

有些东西你越重视，它就越能折磨你，你若视为粪土，它们自然一文不值。

其实，能选择性失忆则是最好，越是想念越是难忘。

两个自以为是的人相识，从一开始就注定了必将不欢而散的结局。都以为对方离不开自己，其实是自己习惯了有对方的陪伴而已。

就像儿时那些舍不得的玩具，突然有一天不翼而飞，哭得死去活来。可终于断舍离了，大家都还活得好好的。

真爱没那么容易死

猫有九命，爱情也有九命。死不了的猫都是好猫，死不了的爱情都是真爱。“你先走，我再呆一会儿。”分手后，还如此真心温柔，讲出这样碎心的话，再怎么样也都是值得！

“我与她分手很久了，但为什么她还是在我心中，我就像钻进了迷宫一样，兜来兜去，怎么老是找不到出口呢?”

爱情中许许多多的答案其实是没什么用处的，绝大部分“解”都是说说而已。

不管兜了多少圈子，能从一段感情中走出来实属不易。就像钻迷宫，走出来的人足够幸运，想想还有多少人跌跌撞撞找不见出口。

为什么兜来兜去，老是找不到出口？因为所谓“失恋”，对于仍然爱着对方的人，只是名义上的，失恋并未失爱，只是暂时失联而已。

分手后，爱情至少会在其中一个人身上存留一段时间，并由这个人独自收拾爱的残局。

如果是真正的爱情，即便你能抽身而出，也不能说忘就忘。从全身而出，到全心而退，不亚于一次神圣的涅槃，需要时间。

真爱是慢慢结束的，会死很多次。有些真爱死得不彻底，可能会死而复生。

想离开真爱过的人不大容易，有时你以为早分道扬镳了，回头看时，那人依旧清晰可见。

原来，你不过一直在围着那个人兜圈圈而已。

爱的“转移支付”

失恋以后，经历过的爱情会以一种奇特的方式复制到下一段爱情中。

爱一个人的时候，你对他的丑陋和缺点都可以视而不见，因为爱情完全可能模糊美丑，觉得正是对方有缺点才真实可爱。失恋之后，若能看清对方的缺陷与丑陋甚至心生厌恶，才可以说自己是真正从失恋中走出来了。

失恋是一场拉力赛，幸运儿属于率先抵达“终点”，将爱完全掏空交给“检录处”的人。也就是说，谁率先放下了，就算是跑完全程了，就不会痛了。

我亲临了爱情的盛宴，也目睹了爱情散场后的凄凉。所以，我想对所有的失恋者说：如果实在无法挽回，就将失恋当作一种悼念的仪式吧！

不必呼天抢地，不必怨天尤人，不必纠缠不休，即使强颜欢笑，也要尽可能给爱情一个体面的收场。

遇也缘分，分也缘分。要感谢与你分手的人，谢谢对方曾在生命中最好的时光伴陪伴你。然后，还要学会正视失恋。失恋好比遗失了美好，那种感觉犹如剜心之痛，但也只能认命，将失恋的各种情绪交给时间。

或者，失恋后，就去找一个爱的替代品，完成爱的“转移支付”吧！

为爱“饯行”

爱情的品德，最容易从其对待失恋的态度与行为中展现出来。仗义的人，无论以何种方式分手，都不会闹无原则的纠纷，或有害无益的纠缠，并且会一如既往地为对方保守秘密，也不去损害对方的形象。

每一段爱情结束时，都应有“饯行酒”，这是爱的礼仪。

千万不要再自作多情啊！送别你的人，或许只是想给你台阶下而已。

恋爱的时候，我们涌起那么多温柔、浪漫的情愫，多到给也给不完。失恋后，这些温柔与浪漫就没法给了。你曾经给出去的那些温柔与浪漫，被爱的人不能“完璧归赵”。他只能打包带走，但此后只要遇到合适的人，他一定会学着你的样子，将这温柔和浪漫如数转交给他爱的人。

不是说恋爱是一所学校么？你教给他的，他全都会了，更会创造性地教给他的下一位。

很少有爱情“不可或缺”，天涯何处无芳草，天下谁人不识君？即使错过，你喜欢的那个人身上的那些使你心悦、心动之处，也会在下一个爱的人另一个爱的怀抱里找回来。

有些爱，你默送它远走，一点儿都没有想伸手去抓回来的感觉，证明这些爱原本就是“错爱”。若属于这种情况，就更没有什么遗憾或痛苦了！

爱的“替代品”

“你长得太像我的前任了！”很多人都听过这种话。这说明，“前任”在其心目中并没有死掉。也很可能说明，其潜意识里仍然希望找到一个像“前任”，但最好当然是优于“前任”的伴侣。持这种愿望的人大都有恋旧情结，此后的每一个“后任”可能都是其“前任”的替代品。

“我感觉他将我当成前女友了。我好可怜，成了一个替代品。”女孩对我说。

“有什么征兆吗？”我问她。

“没有。但是我确定是这样！他常常发呆，把手机不停地拿起来又放下。”她语气异常肯定。

“他怎么了？发生了什么特别的事吗？”我感到疑惑。

“没有。他一个月前失恋了。”女孩告诉我。

“他觉得你很像他前女友吧？”我有些预感。

“是这样。他觉得我和他前女友是一个模子拓出来的！”女孩无奈地说，“所以我就感到我成了他前女友的替身。”

失恋者往往有一个堕落的过程。因为他累积的浪漫与温柔从此没办法给出去，便想转交给一个与他的前任各方面相仿的人。

对于这样的人来说，每一次失恋都是对世界的“祸害”，同时也增加了下一个恋爱对象“被祸害”的风险。

先前别人是怎么待我的，我就怎么待人。所有的分手，或许都是一种“转移支付”的报复吧！

让爱结束得“人道”一点

分手最考验一个人的“爱品”。当对方情感上仍然高度依赖，情感的脐带还连着，冷酷无情的人会毫不犹豫地拿起剪刀。那些温情宽厚的人则不会采取“剪断”的野蛮方式，而会运用“拉断”的技巧，以对方的承受力为限，徐徐拉长，再轻轻断开。

“我谈恋爱谈得有些厌倦了，有气无力的感觉。他也很烦我，说老是他拽着我，我跟不上趟的感觉。”一位女孩无精打采地告诉我。

“你自己怎么觉得呢？离不离得开他？”我问。

“没什么离得开离不开的，好像离开他我感觉会轻松一点。准确地说，我没什么不舍的感觉。”说完，她点点头，确认了一下。

理论上，所爱的人无论做什么，很难引起你的反感。但若是你感觉有些厌倦了，那也预示着这场爱快要落幕了。

人们出于不同的想法，譬如给爱情一个交代或是好聚好散，不到最后时分谁也不愿先提出分手。不料那些本还可以保留的美好的记忆，最终都消耗殆尽了。

如果一段爱情必须结束了，最好能结束在还算美的时候，而不要结束在出现尴尬、隔阂之后。

能不能结束得温暖一点，人道一点？

如果你不爱了，务请及时告知对方，不要因为你的迟疑带给对方更多更长久的伤害。

若爱情出现变故

怀最好的愿望，做最坏的打算。以这种心态进入爱情，爱情可能会顺利得多，即使分手也不觉得天会塌下来。就像一场赌博，你当然想赢，如何保证一定能赢呢？“想赢”与“能赢”之间是有分别的，前者是一厢情愿，后者取决于运气。

谁都希望爱情能够永远，可爱情毕竟是活生生的两人缔结的生命迹象，有个“周期”或“活性”问题。

爱情生活质量，不与爱情形式上的存续期成正比，而是取决于双方的互动情况与感觉。

爱情不见得永葆青春，也未必有始有终。缘尽情止，积极的意愿根本奈何不了它。

若爱情出现变故，虽有万般无奈，也还是要以仁慈与宽厚的心态予以理解并接受之。

爱情凭什么就不许有各种可能呢?

我们应该宽容地对待爱情，允许对方销声匿迹，允许对方临阵脱逃，甚至允许对方变节背叛。

如果这些思想准备你都做好了，就可以大胆地开始恋爱，而且能确保你平安退场。

给爱情一个体面的收场

分手是一种修行，修行好了，这个世界就断不会有那么多恶毒与仇恨。话说得太过，事做得太绝，态度简单粗暴，行为匆忙潦草，当然有些说不过去。人品与修为决定一个人分手的风格。

在爱情中，有两种痛：错过与失恋。或者，也可以说是“两道风景”。

错过是一种痛，也是一道风景。

“错过”是一个美丽的词儿，它成功地保留了记忆或想象中的完美。既然相遇的使命完成了，背影何尝不是一道风景？

错过了就放下，重回自己的孤独吧！

将幸福还给对方，留下我一个人苦。似此，一个人的苦也是高洁的。这种“苦”，还能品咂出丝丝甜意。

失恋是一种痛，也是一道风景。

你憧憬美好爱情的富丽堂皇，是否留意过失恋之后的残垣断壁，也有一种独特的美感呢！

如果实在无法挽回，就将失恋当作一种仪式吧！

即使强颜欢笑，也要尽可能给爱情一个体面的收场。

没必要逼对方说出分手理由

“我什么都不要，只要一个分手理由。”给了你理由你就死心了，但如果真实的理由会给你造成更多、更深的伤害呢？万一那理由在你看起来完全不是理由，你会重燃希望，据理力争呢？所谓“分手理由”，给更好，不给也罢，不必枉费猜疑。

当我们毫无征兆地失去一段美好感情的时候，总想探知究竟。

这其中隐含着各种各样的企图，有的人希望借此破镜重圆或死灰复燃，也有人希望能“死得瞑目”。

如若找不到个中原因，我们是不会甘心的。

只要不甘心失去，还耿耿于怀，就不能说是爱情已完结。

“你总得给我一个交代吧？不能说走就走！”

其实，要寻见那些原因做什么呢？别人想说也就说了，不想说也有其难处与隐衷。

再比如对方就是被这段恋情累苦了，累到没力气说，苦到说多一遍的勇气都没有。

还有，非要逼对方将那多半会刺伤你，而你又不见得认可的“分手理由”说给你，怕自己伤得不够么？

有一种残忍叫“分手是为你负责”

爱不需要理由，爱就是爱。分手也无需解释，分手就是分手。分手不需要理由，但也别找什么“托词”，再动听的托词都托不住这样的事实：我要走了，不再爱你。

比较妥当的方式，是将爱情先伪装成“友情”，这样做的好处是进退自如，不伤和气，不损尊严。

爱的时候说是“爱情”，爱不下去了或干脆不爱的时候，说是“转化成了亲情”。

瞧，可进可退的“亲情”，多么灵活、漂亮的借口！

或许还有更好的借口，譬如想要摆脱某人，又不想自己亏在道义，就会找这样一些托词：见得有些腻了，于是说“相见不如怀念”。在一起不自在了，又说“距离产生美”。

有一种残忍，叫“分手是为你负责”。其实这是一种更无耻的托词。

离开只需要你有离开的想法，并不非得你给出离开的理由，扯那么多借口干什么？

爱自有一套语言，不爱有另一套语言。当你感觉到一个人对你语气有变的时候，可能他对你的爱发生了转变。

爱情跟着感觉走，不跟着誓言走

最郑重其事地恋爱，最轻描淡写地分手。这样既保证了爱情的品质，也保证了分手时没有或仅有最低限度的伤害。对方执意要分手，想必已经进行过内心的搏斗，那所有的承诺又有什么用？承诺时依然爱你，悔诺时已经不爱。

很多爱最后都被撕裂了，或者无寂而终。

个中原因，有的是因为个性的不同，有的是因为知识的落差，有的是因为没有将对方放在平等的位置上对待，或者长期忽略对方的需求。

失恋之后，不少人心存怨气，甚至怒火。这当然可以理解，当初的承诺，当初的海誓山盟，如今都不作数了，儿戏一般，谁人消受得起？

为什么会愤怒？其一，不理解，所以愤怒。其二，想当然，所以愤怒。

实际上，上面两种愤怒的理由都经不起推敲。

恋爱是两相情愿的事情，誓言是爱的那个时点上发出的，也只有在爱的存续期间有效，存续期爱结束了，誓言自然就失去了意义。

我们对爱情想当然地预设了一些不切实际的观念，将爱情模式化、类型化、理想化，认为爱情就非得怎么样怎么样，将所谓“爱情伦理”太当真。

“要么就别爱，要爱就爱到底!”“早知今日，何必当初?”“是你追我的，不是我追你的啊!”“你耽搁了我的宝贵时间，浪费了我的大好青春!”这些实际上都是有些偏颇的观念。

爱情是跟着感觉走的，不是跟着誓言走的，“节外生枝”“红杏出墙”其实无可厚非。既然是感觉，很难用“爱情伦理”来约束，也很难找到“爱情铁律”来规制，即使动用意志力也无济于事。

爱情这尊心造的神像

许的是华丽的轻裘，送的是廉价的围巾。约的是海鲜自助，吃的是食街撸串。你以为是浪漫，实际上是没钱。爱情要走好，需要不少周边条件。你想坐爱情这个轿子，自己却只有抬轿子的命。端坐轿子里的是你爱的女王，而身为轿夫的你又算什么？

“爱情放在心里还算是神圣的，一旦落实到生活中就会遭遇无尽的尴尬。”一位女孩感慨地说。

说完，她摇摇头，眼神黯淡。

的确如此。上帝之所以看起来神圣，是因为我们还没一睹它的真容。等我们亲身经历过爱情，就知道爱情是怎么回事了。爱情这尊心造的神像，终要从神龛上跌落到红尘中。

为什么感觉仿佛只有肌肤相亲的那一刻才是真实的，而放手便万物皆空。我们相遇过么？曾经的肌肤相亲是真实的么？

有时候，我们会这样质疑爱情，质疑彼此。甚至感觉以前的美好都变得遥远，两个曾经紧紧相拥的人为何变得那么陌生。

想起昔日恋情，谁都会有同感，谁都会作此想吧？如今你已明显不在原地，我也不愿再踏归程。看着一个一个的人从我的生命中离开，突然会有一种无以言表的平静、轻松，乃至变态的快感！

年轻的时候不懂爱情，以为爱了就一定得在一起，以为爱了就可以在一起，撞撞跌跌地走了多少弯路、错路与不归路。回头去看，那青春的花径掩映之下的，竟是一路的伤痕。

爱的尴尬无法去除，时间的扫把也扫除不净。这爱的伤口，得靠自己去舔舐，得靠时光去抚平。

从“爱情游戏”到“两性战争”

将“爱情游戏”玩成了“两性战争”，这应该是爱情自然的演进过程。起始可能并没有想得到对方，或者认为能够与对方手牵手就可以了。后来才发现原来对方这么好，不控制住，不掳来为奴，真是枉为此生。

爱情易使人变得痴、傻、呆，变得木、癫、狂，因为爱情本身具有夸大其词、自我膨胀的特性。

痴情并不可怕，可怕的是痴迷。痴情发展下去是缠绵，痴迷发展下去则是疯狂。

为什么会这样？痴情是一种眷恋，一种欣赏，痴迷则是一种鬼迷心窍，魂牵梦萦中似有一种声音在说：“你是我的，你是我的，我必须得到！”

一个人爱到痴迷状态，不仅是想得到，得到了还想保有，永不失去。可见，痴迷者容易成为偏执狂。如此，痴迷容易走向纠缠就很好理解了。

被爱纠缠的人是不幸的。摆脱爱的纠缠，也是个斗智斗勇，险象环生的过程，其惊险、激烈程度不亚于一场艰苦卓绝的战争。

爱情原本是美好的两性游戏，你是“欲迎还拒”，我是“欲擒故纵”。不幸的是，有的最后却成了一种扯皮耍赖，昔日的爱人成了今日的“仇敌”。从“爱情游戏”渐变成“两性战争”，谁也赢不了，却旷日持久，是爱情的尴尬与遗憾。

而实际上，爱意味着给对方自由，以爱的名义束缚对方自由，除非真是为对方着想，都是自私的。有时候，干干净净、利利索索、彻彻底底地放弃一个人，不只是可以赦免对方，更可以解放自己。

11 冲动

荷尔蒙是生命礼物

◤ 作为人类本能的“性”，是人的“第二需要”，仅次于吃喝。弗洛伊德在《少女杜拉的故事》中断定：“性是开启心理症难题之门的锁匙，轻视此锁匙的人决不能开启那扇门。”这里他讲得极有见地，于我心有戚戚焉。我一直觉得，人最重要的治疗是“性疗”和“心疗”。妒忌或吃醋的本质是什么？性交的对象为什么是自己所鄙视的人，甚至是自己的仇人？这都是性欲长期被抑制的后果。罗素有言：“性欲同食欲是一样的。愈是节制，欲望就愈高；反过来，欲望满足了，它就会暂时消解。而当性欲急切时，它会把一切都从人类精神范围之内排挤出去。” ◢

爱情是“烘焙房”，更是“磨坊”

坏的爱情自有孽缘，好的爱情自有香气。吃过糊糊的人都知道，经过石磨的辗磨的五谷，味道特别香。经过打磨的爱情，更加醇香绵厚。

爱情可以是“天堂”，也可以是“炼狱”，因着人的际遇与智慧而异。

爱情是“烘焙房”，暖意融融，麦香袭人。

爱情更是“磨坊”，要经受住日常生活细致的打磨，一些坚硬的东西被碾为齑粉。这样，重新捏合起来的爱才会质地紧致、细腻、润泽。

然而，对于像我这样感情丰富，精力又充沛的人，爱情则是与对方的持久战，与自己的巅峰对决，与日常生活的厮杀。特别是，要经受住爱情冲动与理性抑制的轮番攻占，才有望浴火重生。

对于许多人来说，若是没有爱情，生活本身是平静的。但是，一涉足爱河，生活就起了变化。

可是，哪有那么多爱啊？爱又为何会泛滥成灾啊？要我说，爱情就本质而言，都是荷尔蒙惹的祸。所谓爱情，只不过是荷尔蒙催生的花香。

若我还不想见你，可能是荷尔蒙尚未累积到位。若我想见你，那只不过是荷尔蒙非释放不可。每当爱情发生时，人们多以为那是单纯的爱意。于是幕后的荷尔蒙就窃笑了，因为这只不过是“荷兄”的恶作剧而已。

纯洁的“柏拉图之爱”少之又少

“你先告诉我，你爱不爱我?”男人只关注可不可以，女人则很在乎爱还是不爱。在女人那里，只要出示“爱”这张令牌，你就可以长驱直入。而实际上，女人其实也不是真想甄别这张“令牌”的真假。

事实上，荷尔蒙分泌不再旺盛的时候，真正纯洁的，所谓“柏拉图式”的爱情方才开始。但这个时候，激情却又不知去向。

爱情中，纯之又纯的“精神爱”少之又少。我们所感受到的所谓“爱”，大多不过是荷尔蒙的不规则运动。

太多人将“想要”当成“爱”。什么思念，且歇了吧！你不就是“想要”了么?

男人对女人的生理需求，与荷尔蒙的存量成正比。看到了问题所在吧?

其实不是我在思念你，是荷尔蒙在簇拥着我朝着你的方向。

也不是我太淫荡，而是荷尔蒙太嚣张。

大多爱情是荷尔蒙引发的两性之间肉身的迷恋，抽去了你喜欢的模样与身体，一切都是欺人之谈。

激情是烈火

将爱情归结于动物性或者生物的化学反应，难免令人沮丧。但是，没有动物性的驱动，不起生化反应，如何生成爱情呢？其实，越接受动物性的一面，越理解生化反应的神奇作用，就越能接受爱情引起的种种，越能理解你以前感到惊讶的种种。

生命就是一把干柴，而荷尔蒙就是一团烈火。

我们经常说生活要有激情，否则淡而无味。实际上，激情也是由荷尔蒙生发的。

没有取之不竭的激情，只有不断生成、不断被激发的荷尔蒙。

激情是无法刻意创造的，它更多地取决于荷尔蒙的分泌是否旺盛。因此，激情与个人的健康状况和体能正相关。

年轻的时候，坚信爱要有激情，否则就不是深情真爱。等青春消逝，体内荷尔蒙残存无多，生命力也不再旺盛，才悟到那时的激情若抽掉性爱的成分，实在所剩无几。

所谓激情，无非是荷尔蒙剧烈运动或高速自振所释放的能量，其振幅的一半取决于外力的吸引，一半取决于内力即想象力的推波助澜。

想象力越丰富，荷尔蒙滋生得越快，激情就越是难抑。

不宜也不需要与外人道的单纯美好

看得见的幸福其实都很世俗浅薄。无论你多老，靠虚荣心生活的都是“巨婴”。看得见的幸福，很多是“幸福”给外人看的，实际上是在私下里较量谁比谁更幸福。而那些成熟的人，并不将自己的幸福与人比较，都是在私下里幸福。

最美好的爱情，建立在充沛的荷尔蒙分泌的基础上，对此我深信不疑。

荷尔蒙是生命力的载体，有一种奇特的滋润作用。所以爱情到来的时候，女人们都是春光明媚，润泽亮丽，而爱情离开的时候，她们变得目光黯淡，面容憔悴。

爱情是由荷尔蒙催生，并经想象力扩张了的对两性关系最唯美的幻觉。

荷尔蒙就像药引子，激发了生命的活力，带出了好心情，使爱情的味道更加甜美。

可见，荷尔蒙是爱的调味料，也是爱的增稠剂。

爱情本身就是荷尔蒙的冲动，这种冲动诞生了人类最原始、最普遍而又最深刻的“性福”。性生活，也可以独立于精神生活之外，成为不宜也不需要与外人道的单纯的美好。

只要你热爱性生活就好了，你热不热爱生活我真的不介意。

多高贵的心都不敌荷尔蒙的“贱”

我们不能拿动物性做借口，但也不要拿神圣当挡箭牌。既然是人，再怎么神圣都灭除不了动物性。由是观之，荷尔蒙“贱”，有时也“贱”得很可爱。

如果我骚扰了你，请不要厌恶我。与其说我在跟青春纠结，跟爱情战斗，倒不如说在与荷尔蒙作抗争。

我管得住自己，却管不住荷尔蒙伸出的本能之手。这只手你看不见，我却能感受到它总在我眼前晃动，在我脑海里萦回不去，将我捏得死死的。

所以，亲爱的，若是我卑微，或下贱了，真的不要完全怪我。这其中有一大半是荷尔蒙在作怪，实非我所愿。

我有些想法，你不要耻笑，更不要被吓着。人没办法终其一生做圣人，更不可能全天候都不接触“污秽”。有些时候，我真没办法不猥琐，不淫邪，不变态，除非荷尔蒙排空了。

人很多时候都是在跟荷尔蒙较劲。当荷尔蒙分泌渐次减少并终归寂灭的时候，身心才会变得宁静。而我正当青春盛世呢！

你是不是不想我拿这些低级趣味来烦你？那想想办法帮帮忙行不？更何况，造成这样难堪的结局，罪责也不全在我，至少荷尔蒙还沾着边。

荷尔蒙总是给无处排泄的可怜人制造身心的困扰和麻烦，这是人有淫邪想法与变态行为的源头。

多高贵的心都不敌荷尔蒙的“贱”。只要荷尔蒙还会滋生，自讨没趣的机会就不会少。

荷尔蒙诱发的生理痛

艺术，是性上花开。这么说，定会遭到炮轰。但若不是如此，想必是浅薄的艺术。艺术的生命力深植于生命之根，并不在生活中，生活只是它的枝叶。任何人任何形式的生理痛，都对应着某种艺术。能生动地画出那种痛感的，就是艺术家。

“老年人容易孤独，年轻人容易寂寞，是这样吗？年轻人为什么容易寂寞？我如何才能够戒欲，不再七想八想呢？”问我的是位优秀的年轻插画师。插画师近期缺乏创作激情，又逢女朋友跟别人走了，忧郁到了极点。

我告诉他：“荷尔蒙蓄势待发，这个就叫寂寞。你感受到了吗？”

他默然，半晌无语，随后肯定地点了点头。

“所谓爱情，无非是荷尔蒙诱发的生理痛。但是这种痛太有快感了，使我们痴迷。你能回想一下你创作的过程吗？”

“最优秀的艺术作品，常常是艺术家某次最美妙的性行为，或最变态的性冲动的忠实记录。换句话说，最优秀的艺术作品是荷尔蒙参与创作的成果。你认同不？”

插画师点了点头，我继续发表自己的谬论：“你看到的那是画吗？不！那是性欲的喷射与涂抹。那哪里是彩色的颜料，不过是彩色的精液。

“熟谙精神产品生产规律的人，都知道作家也好，艺术家也好，都是为荷尔蒙干活。人类所从事的文艺活动，其实都是在为荷尔蒙打工。荷尔蒙支配、俘虏、蒙骗、戏弄了所有人。包括你，也包括我。当然，荷尔蒙也成全了我们，成就了色彩与生活。而弃绝情欲是需要修炼的，大多数艺术家其实并不愿意达到这种境界。情欲是艺术创造的动力与源泉，若是戒除了情欲，你创作的作品怎么可能有温度呢？”

所以，是继续做个艺术家，还是弃绝情欲呢？抽去本能，还会迸发创作的灵感么？

无非是“荷兄”在捣乱

无非是“荷兄”在捣乱！有人能觉悟至此，爱情课就可以领到结业证。对于男人来说，要多想想你真爱她吗？是哪个部位在爱她呢？就不会那么沉湎于爱情了。对于女人来说，要多想想他真爱我吗？是哪个部位在爱我呢？当然女人应该再加多一问：他哪个部位爱我，我都可以接受吗？

爱情是既无始点又无终点的马拉松比赛，不断有人加入，不断地有人退出。然后，又不断地有人重新加入。谁都必须试一试嘛！不试谁知道好还是不好！

这其实不是耐不住寂寞，而是抵抗不了寂寞背后荷尔蒙施展的魔法。哪里有耐不住的寂寞，只有敌不住的荷尔蒙罢了。

荷尔蒙有充足的内驱力，若是还没耗尽，人就会瞎折腾。创作是更高层次的折腾，不是每个人都可以为之。爱情则不同，只需要有点荷尔蒙的味道，则人人可以亲尝。

等到体能耗尽，身心俱疲的那一天，“荷兄”停止捣乱了，相信我们就不会再为爱情前仆后继了！

性行为能有效释放荷尔蒙，拥抱等边缘性行为能有效缓解荷尔蒙焦虑。由此看来，纠缠感情，不如纠缠身体。

不知道我会不会爱上你这个人，但我清楚已迷恋上你的身。

男人谁都渴望多得到一些身体之爱，但切记适可而止。一而再是奢侈，再而三就是贪婪。不要耗竭，弹药库里总要储存些弹药，心里才有底气。

也不要老是说当年“有人给”却“没敢要”是遗憾，世界上表现好的性伴侣多的是。再说，在性方面没有遗憾的人，大抵是不存在的。

“性冷淡”是伪命题

性冷淡，多的是压抑所致，但也有例外。例如被观念锁住了，被习惯困住了。也好，没有荷尔蒙的干扰，没有多巴胺的蒙蔽，就有机会更真切地认识生活。

我在想：所谓“性冷淡”是不是一个伪命题。

一般情况下，男人是不会性冷淡的。如果出现性冷淡的情况，要么身体出了问题，要么就是心理方面的问题。性冷淡如果是偶发性的，可能只是因为比较累。当然也还有饮食方面的原因，阳刚需要食壮，“精液”与“津液”大抵也存在某种内在关系吧?

从根本上来说，男人没有性冷淡，只有性无能。女人则相反，由于生理结构性问题，女人没有性无能，只有性冷淡。

男人而且有一点很奇怪，即使是他打心眼里厌恶的女人，甚至是与他不共戴天的女仇人，只要那人生得性感，男人仍然会愿意同她发生性关系。

性从来不会真正冷淡，只是在碰到唤醒它的人之前，像活火山一样在休眠。

性冷淡令人发愁，性欲强烈也有人发愁。因为自己性欲强而心生恐惧，完全没有必要。性欲的适当发泄或满足有助于身心成长，且有助于发展出健全的感性与理性。

性爱是一剂良药，若是人们善饮的话。

“淫荡者”的纯洁你不懂

什么叫“淫荡”呢？对生理的需要如实招来，那叫“诚实”好不好！站街的那叫“卖淫”，一厢情愿的那叫“强奸”，两相情愿的那叫“性福”，一生一世只对一个人的“淫荡”那叫忠贞。“淫荡”真是个莫须有的词儿，“淫荡者”的纯洁一般人不懂。

爱情可以很纯洁，永远纯洁，但同时也可以很淫荡，永远淫荡。“淫荡”与“专一”未必就矛盾，我只向你“淫荡”，那么就是“专一”了。性的专一在女人那里可能易于实现，在男人那里往往是比较难做到的。

“假若有人说性爱需要忠诚，那我只能笑笑。”我这么说，可能有些犯众。

“我对你的感情是圣洁的，尽管想法乃至言行是淫邪的。”我换成这样说，可以了么？

不是性观念开放的人品行就必然“不高洁”，不是淫荡的人心地就必然“不纯洁”。

性观念开放的人未必就低俗，或许他们有不一样的高洁。只是，“淫荡者”的纯洁你不懂。

畏畏缩缩的假装，与惺惺作态的扭捏，自然令人厌恶。

而温暖的暧昧，与热烈的淫荡，有时真的令人心驰神往。

淫荡并不等于淫邪。淫荡也并不是一个坏词，它只是对缘本能需要引起的身心反应的客观描述。

对于正常人来说，淫荡是每个人自身的本能需要，也是对另一半发出的美好邀约与请求。

没有必要因为自己有一点点“淫心”就惶恐不安，因为淫荡是生命力的晴雨表。

用得好是快乐，用得不好是恐惧

有人说，当你选择放纵和虚度，你的人生将被你亲手毁灭。这是典型的“正能量控”，而且传递的是伪“正能量”。其实，放纵和虚度并没有这么可怕。人生既没有放纵过，也没有虚度过，那不一样相当于被你亲手毁灭了吗？

沉醉也可以是一种觉醒，因为你终于认可人生有时也需要沉醉，适时沉醉也是可以的。

与沉醉性质相当，但形态不同的，还有放纵。放纵同样也可以是一种觉醒，因为你终于认识到，只要不是丧尽天良，适当放纵一下也不是多么不得了的事情，认识到放纵甚至可以说是较深层次的身心压力缓释。

但是必须注意，每一次放纵之后，渴望的是下一次更放纵。因为放纵是个深不可测的陷阱，越放纵越想放纵。

性既是快乐之源，也是恐惧之源。性之使用，极讲艺术，用得好是快乐，用得不好是恐惧。例如，节欲使人压抑，放纵又使人陷入恐惧。

尊敬的荷尔蒙先生，你在给予我们欢乐的同时，给了我们多少烦恼与纠结？你用性将我们创造，又用性将我们毁灭。你放出情欲不怀好意地蹂躏我，却又隔岸观火烧，隔山观虎斗。

性感比美感更“实惠”

以传统爱情的眼光观之，端庄、标致的美女更受欢迎，因为她们看起来不淫邪。而那些三围骄人、身材爆好的美女虽然受到更多男人的欢迎，但有相当一部分人不会考虑同她们结婚，这是性感撩人的美女仍然要承受的委屈和误解，因为她们长得“骚”，拿不出手，但拿得上床。

对于男人来说，性是目的，爱是手段。对于女人来说，则刚好相反。

女人的美感与性感各有各的好，但对于成年男人来说，性感比美感更“实惠”。

对于成年男人来说，每一个不做点啥的夜晚，都像是对良辰美女的辜负。

据说，有一种昆虫死于射精之时。这若是发生在人类，那我想象不出有比这个更浪漫、更欣快、更畅怀和更诗意的死亡方式。

我还是有那么点儿想你，这说明我的荷尔蒙仍然有分泌，但也只能说明这一点。

或许还能说明多一点，就是我爱你。但即使是爱你，那是身爱，还是心爱呢？

所以，当男人对女人说出“我爱你”的时候，你最好能分辨出那是出自真心，还是荷尔蒙让男人撒的谎。

男人过“性”生活，女人过“心”生活

几乎有关性的一切，女人们潜意识里认为都会给她们带来风险。这在东方传统女性的身上体现得特别明显。在中国，封建专制了几千年，贤良的女性就被压抑了几千年，酿成了中国女性对“性”这个字眼普遍性的敏感、焦虑乃至恐惧这样的恶文化基因。

那些你喜欢的人，其实你并不想从他那里得到什么。只是你做的事情，你的所思所想，你的喜怒哀乐，想告诉他，并与他分享。

他也不用回答什么，只是愿意听你就好了。你看，爱情要的多么简单！

“我不是一个特别贪的人，只希望他把我放到心中最私密的那块地儿，用他的柔软包覆我罢了。我满心满眼都是他，他心里却没有装满我，只想与我做爱，话都不愿多讲，我感觉不公平。”

女孩满腹委屈。我想，得将她“装满”，这还不够贪么？

我本想告诉她：让爱情占据整个人生，与整个人生都没有经历过爱情，有同样的遗憾。

但不知为什么我什么也不想说，只是从她带来的笔记本上撕下一页纸，写下了这么一行话：

“易的是床笫交欢，难的是相濡以沫。”

爱情中，两性的需求不尽相同。这位女孩要的是精神上的愉悦，男友似乎更看重身体上的快感。男人是用荷尔蒙生活的，她能理解么？

换句话说，男人过性生活，女人过心生活。

“性生活”与“心生活”，这两种若是不能有机交融并达成共识，那么二人在一起的日常生活就会存在问题。

“精神的默契”还是“肉体的尖叫”

无论是“精神的默契”还是“肉体的尖叫”，都各有其好，各有滋养。“肉体的尖叫”是肉体的权利，也是肉体的尊严。肉体不尖叫就无法表达其欢欣和愉悦，毕竟肉体不是来世上受苦的。“精神的默契”并不排斥“肉体的尖叫”，二者高度默契才会尖叫。

身爱之欢愉，有不可承受之轻。

那个人将身体完完全全地交付予你，连同她的吻。如果对方是认真的，这还不值得感激么？

更何况，上帝只给每个人有限的精力与时间，让人一生中只能与极少数异性尽欢。

心爱之诚挚，亦有不可承受之重。

那个人将最温婉的眼神都给了你，甚至还有从她脸颊上滑下的清泪。这是多么鲜亮的生命之赠，感动得叶尖上的露珠都要掉落了！

不是说只有爱情才有感动，只有心之爱才值得感动讴歌。身体之爱，性的馈赠，同样值得以诚相待，认真感恩。

我们要的幸福附身于各式各样的爱，特别是肉体之爱，而人们往往只专注于对爱情的追寻，排斥性爱，视野可谓狭隘。

当一个人发觉自己的情感空间需要用爱情才能填满的时候，精神空间就已经很狭小了，成长之路从此逼仄起来。

若爱情中只有精神的默契，而无肉体的尖叫，遗憾其大矣！

12 暧昧

潜伏的爱

暧昧是什么？暧昧是享受过程，不问也不关心结果，而追求注重的是结果。暧昧从根本上来说是不动真情实感的，只是彼此心甘情愿地玩弄感情，并以此为乐。“我们无所不谈，却对某件事绝口不提。”暧昧或许是对恋爱的逃避吧？谈恋爱那么累，暧昧多轻松！暧昧是不用为对方负责的一种感情，所以别将恋人逼急了，谈累了，偷偷溜走了！暧昧无论从内容还是形式上来看，都只是一场两性游戏。玩暧昧的高手的制胜法则是：保证自己能随时从这一两性游戏中完好抽离。

旧爱的“潜伏期”

旧爱结束得不彻底，便潜伏下来。所以有些女孩对追求她的人说：“你将你那摊子破事处理干净了，再来找我。”这种话不中听，却颇有见地！不将一段爱处理好，就急匆匆投入另一段爱，拖泥带水，对别人极不负责任。旧爱一旦潜伏下来并慢性发作，当然会影响新爱的生活质量。

新欢之所以令人神往，是因为它如旧爱之初，有段鲜活期。

所谓旧爱，不也是曾经的新欢么？所谓新欢，不就是终将成为历史的旧爱么？

新欢犹如待放的花苞，可不管其多么想永远傲立枝头，终究还有来年的新蕾等待绽露。可见，所有的新欢也将过气，最终遭到背弃。

新欢每次都貌似是胜利者，成为旧爱却是它的宿命。

于是，有人问我：如何处理那些旧爱？

旧爱如何处理，我没有深入研究。我只是觉得，既往任何一次爱的经历，都会成为当下爱的养分。若是能将旧爱中曾经使双方受益的部分，有机地渗透进新爱之中，是不是会使新爱更受用呢？

实际上，那些铭心刻骨的旧爱也是不好处理的。

不要说旧爱已死，其实它一直在心的最温柔处潜伏，不经意间也许会在新爱中复苏。

爱情也有“叛逆期”

爱情之叛逆，多半是因为一方爱得太多，超过对方的消化能力所造成的。要爱，也要知止。特别是当爱已稳固，平淡，更需要注意爱情的给付量，保持相宜的距离。这距离感就是，你每天做菜，伺候他吃饭，是将碗端到桌上，端到手上，还是喂进他嘴里？

暧昧是什么？暧昧是暂时还没有爱情，问别人借一点。或是，一种菜品吃腻了，偶尔换个口味也感觉挺好的。

有人说，暧昧是“见人就爱”，是“滥”。哦，那又如何？“爱”都已经廉价，还不允许“喜欢”泛滥点么？

略有点暧昧也不用大惊小怪。对于人类生活来说，暧昧是一种无足轻重，不时在生命中闪现，不容忽视的东西。

喜欢暧昧的大概都是缺少真爱，或爱的胃口太大的孩子。不过，暧昧的原因显然非常复杂，不是一句话两句话就可以说得清楚，自然也不应该。

“什么暧昧？说白了不就是偷情么？”

还真不全是。

如果说，偷情是坠落在私处的匕首与玫瑰，危险与美妙同在。那么，暧昧则是留在对方肩胛骨上的咬痕，诚挚而压抑，轻痛而又甜蜜。

暧昧，或许是爱情肌体上的“童稚”，或许是对正统爱情的“叛逆”，或许是弥补之前还没玩够的“遗憾”，又或许是精力过剩的“溢出”。暧昧，更可能是荷尔蒙的“恶作剧”，是对传统爱情观念的冒犯与冲撞。

当然啦，一定得牢记：在情人关系中可能有真正的爱情，却永远不会有完整的爱情。

玩暧昧是“带电作业”

一个喜欢玩暧昧的，与一个不喜欢玩暧昧的玩暧昧，迟早会玩出问题。暧昧是两相情愿的事，如果其中一方或双方各有所属，那就有道德风险，兼有暧昧关系容易败露的风险。如果两个人都是单身，严格地说不叫“瑷昧”，顶多只能算作“轻浮”或“过于随便”，平素比较爱“打情骂俏”而已。

对于暧昧，没有一个精准的定义。但有一点可以确定，暧昧就是爱情与友情两极之间那不明不白的地带。暧昧具有广泛的适应性，成本低廉而且易于维护。

暧昧不排除真爱，有可能是真爱的孵化器。暧昧的发展过程中，若开始感觉夹杂有委屈与心痛，真爱便开始萌芽。

越是心情不好，越是想念那些给人感觉像“邻家小妹”的女孩。没有肉体上的非分之想，只有精神上的不太过分的无限靠近的渴望。这大概也算是暧昧吧！

当然，更可能是寂寞，身的或心的寂寞。

不寂寞的时候，暧昧是滥。寂寞的时候，暧昧是暖。

为什么要对暧昧口诛笔伐？为什么要对爱起分别心呢？

情绪可以管控，身体可以管控，暧昧当然也可以管控。那么，只要可控，偶有暧昧又有什么关系？

每个懂得享受暧昧的人，心里都住着一头野生的自己。是我想暧昧的么？咋不帮我查查基因，咋不责怪荷尔蒙这个“元凶”呢？

不过，话分两头说。有人喜欢在玩感情里找“成就感”，但玩暧昧无异于带电作业，操作不当容易发生危险。

世间最动人的呼唤

说起勾引，不知从哪个年代起，女性都不敢与这个词沾上边，怕被人打入“坏女子”之册。于是，勾引这一多么美妙、动人、有趣的气质被唾弃，被荒疏。

谈及“暧昧”，我们总是将这个词与“勾引”等同。

勾引，如果仅只是为了爱或性，我倒觉得没什么，爱情不就是为了示爱，为了炫性吗？有性的吸引力，自然不是什么丑事。

勾引实质上也是一种性吸引，一种叫“里比多”的力。

定力不足、魅力不够的人，总是心情焦躁、饥不择食地勾引别人。真正强大的人，则淡定地等待着别人来勾引自己。

勾引是主动态，主动意味着更多的活力。勾引还不是简单的吸引，或者说勾引的魅力远胜过吸引。吸引令人眼动，勾引让人心动。很多男人对女性的吸引无动于衷，却对女性的勾引无力反抗。

没办法，有些女性就是吸睛，就是勾魂，就是摄魄。

勾引是调情，是撩拨。勾引暴露出人的欲望，也展现出人的天性。性是世间最动人的呼唤，这种异性间的勾引合乎自然，横跨人、兽两界。

经得起勾引是一种品质，经不起勾引你就自认，这反而是一种坦诚。

被勾引你会感到愤怒么？没有人会去勾引无趣的人，真诚的勾引其实是一种赏识。

恋爱是“艺术活”，勾引是“技术活”

男人有了女朋友，乱糟糟的头发变顺溜了，邋里邋遢的脸变干净了，皱巴巴的衣服变挺阔了。爱情将人带入了审美的境界，就像一个艺术圣地，人全方位地升华了。勾引虽说是技术活，但也要提高自身的艺术段位。

女孩逗趣地问男生：“教教我怎么样才能勾引到一个男生上床?”

男生愕然：“这个问题还用问吗？太侮辱男生的荷尔蒙了!”

勾引确实不需要特别用心，特别是女生对男生的勾引。女生性感的身体本身散发出了“逼猴上树”的信息和能量，辅以俏皮的撩拨与挑逗，男生很难不被荷尔蒙所诱引。也正因为如此，长得性感的女生容易被误会，穿着暴露的女生容易被指责。

可见，勾引本身不是恶，如果勾引者的动机是友善的，或者自己根本没有意识到这是在勾引。

所有的爱情都具有勾引的特征，勾引中有甜蜜、有温馨、有俏皮、有高贵。然而，这种两性游戏只有少数人才懂，也只有少数人玩得起。

如果说恋爱是“艺术活”，勾引则是“技术活”。勾引需要技巧，譬如挠到别人的痒处，却不急于止痒。

恋爱，不就是吸引力的比拼，不就是相互勾引的竞赛么？勾引本来是多么美好的词儿，是从什么时候起，人们赋予它不洁与淫邪的含义了呢?

要感谢那些勾引过你的人，他们激起了你对别样生活的热望。

古老而神秘的“性力”

物质世界万有引力，人类社会万有性力。在女人面前，男人总想表现得更优秀一点。在男人面前，女人总想表现得有女人味一点。正如欲望推动了社会的发展，性的力量推动了人类的进步。

“为什么人人都想是妖精，却又人人都唾弃妖精呢？”

女性的“第一魅力”是什么？毫无疑问是她的身体所展现出来的吸引力，我称之为“性力”。“性力”是一种古老而神秘的力量，同人同感，共生共死，即使是最荒唐的酷刑都无法剿杀，有点儿“抽刀断水水更流”的倔犟劲儿。

用现代的语言说，“性力”是一种“里比多”，是人类最根深蒂固的“基因序”。“性力”这个东西，几人欢喜几人忧，几家欢喜几家愁？多么美好的欢喜之物，却变成了忧与愁！不是“性力”不好，是人们刻意或蓄意污损之，致使其没有得到很好的开发与运用。

甚至可以说，女人身上必须多少有些“勾魂”的“妖精”气质，才是最为理想的。勾引是有生趣的女人的被动技能之一。女人来这个世上，就是该让她爱着的人着迷。

“有良知者的偷情”

“烂也要让你烂在家里，老娘就是不离婚。”有的夫妻关系早已名存实亡，但女的却将男的捏得死死的。若是有“第三者”插足进来，偷谁的情都是个好。当然偷女方的情则是更好，那倒霉的男人就被解救啦！

“偷情都那么十恶不赦吗？怎么杜绝这一现象呢？”有人问我。

我反问他两个问题：

“如果人人都能够获得理想的婚姻，那还需要偷情吗？”

“如果人人都能够获得理想的婚姻，偷情就能够杜绝吗？”

显然，偷情在上述两种情况下，都是不能杜绝的。偷情与人性有关，精神分析学说告诉我们，这是人的本能。所以，在法律明确禁止的情况下，只有责任和意志能够抑制偷情事件的发生。

然而，人的道德底线、自控能力、意志水平都是参差不齐，甚至差距悬殊的。人人都去唾骂偷情，却少有人研究偷情现象为何从未被禁绝，真是遗憾。

在反思问题的时候，我们多一点开明与真诚的态度好不好？否则话题就没办法继续下去了。我认为，偷情并不都是恶的。我所见的偷情，有的是对不幸婚姻的妥协，有的是对不幸福婚姻的反叛。

在极端自私自利的情形下，偷情才是不可饶恕。将自己的快乐建立在知情人痛苦之上的卑鄙行为，才是应当被诅咒的。每个人都有追求爱情的权利，但若因为某些原因婚姻内的情爱或性爱变得不可能，而离婚又会给对方或家庭带来更大的不幸，偷情就是“可宽恕的罪”。

这或许可称之为“有良知者的偷情”，是为了维护对方的尊严与家庭的利益做出的折中与妥协，内中有酸楚的泪。

不过是心间的醋意翻滚

女人骂女人的点比较一致，以骂“老少妖精们”私生活不检点为主。男人骂男人的点也比较集中，主要是人品、商德或者不够仗义。有趣的是，女人所骂的那个类型的女人，男人其实挺想见识见识。女人呢，则对这些“老少妖精们”又羡慕又忌恨。

心灵的默契固然很好，身体的默契也很重要。

你可以不喜欢我，但这并不妨碍你可以喜欢我的身体。

一个人的身体，若是没有人来欣赏，那是无法言说的寂寞。

肉体上无论进入多深，若无爱作为支撑，都还是很浅。

与十分性感的异性交往会激起欲火，与七八分性感的异性交往才会擦出爱火。

除却亲情，异性间每一次不公开的拥抱都是一次边缘性行为。

男人们真的会喜欢口碑不佳、甚至道德败坏的女人，只要这个女人足够性感。

对此，很多女性表示不理解。是真的理解不了，还是不愿去理解呢？

女人之间，那么多加诸对方的指责与漫骂，不过是心间的醋意翻滚啊！

“眼缘”与“身缘”

人所有器官都有自我强化的功能，就像“五官争霸”，都尽量突出自身的功能。盲人更在乎皮肤的触感，聋人更在乎听觉。健全人则要求得更多，因为每个器官都有诉求。皮肤的饥渴不容忽视，只有另一人的切肤之爱才能暂时消除。

我只有一个怀抱，不能同时抱着两个人，不过可以心藏无数。

人和人有“眼缘”已属不易，有“身缘”更是难得。

面对异性，男人有句话总想问，却不好意思问出口：

“心缘过后，咱俩还可以有身缘么?”

男人遇到异性的诱惑，真是件忧伤的事儿，难办得很。

有时我更愿意待在冬天，因为有更多的理由与你相依相偎。

有时我更愿意待在夏天，因为能看到你的衣服穿得短得不能再短，薄得不能再薄，少得不能再少。

我是有多淫邪，对你的思念稍不留神就会跨过你的底线。

一个人只能将明媒正娶的那个人带进坟墓，而将另一些人秘藏在心。

只要你肯抱着我摇曳

相爱的两个人抱在一起，左摇右晃。想想这样的场景，甜蜜的幸福如此寻常，上天看着也会送来祝福。时光静美，身心滚烫，摇走太阳，摇走月亮。

如何才能在你潋滟的酒涡里失足？

如何用舌头拔掉你那两颗紧闭的门牙？

你腮间弥漫着某种气息，使男人想纵情呼吸。

是你长得太美，还是我太好色？

只要你肯抱着我摇曳，我就会为你开出一树的花。

有修养的女人是这样的：不会主动勾引男人，但男人主动来勾引她时，她要装得“很生气”。

有修养的男人是这样的：他不会主动去勾引女人，但女人主动来勾引他时，他要装得“不生气”。

谁不希望多一些异性爱自己？

心仪的人儿能接受我的勾引就不错了，竟然还会反过头来勾引我，那是何等的美事！

藏好“小小野”与“小小坏”

想要给人惊喜，则必须有所藏、有所露，而且是常有所藏，偶有所露。爱的灵感，也就是那些小温馨、小俏皮的表达方式，需要灵犀相通，互相激发，偶尔露峥嵘。多则滥，刻意则假，而且又回俗了。

性感是一种勾引。不是谁的错，性感只是一种原罪。

我既享受女人身体的美，也享受环境的美。而将美丽的身体置于美好的环境中，则是加倍的享受。

美丽令人惊叹，性感使人语塞。

我发现女人凌厉的性感自有一种无声的攻势，要不怎么一接近她们我就心惊肉跳?

女人美丽且性感，若还雍容大度，你遇见她，那是何等的福分。

女人们，大胆地展示自己的美丽与性感，让修养参差不齐的欣赏者各取所需吧!

希望自己性感，这样的人都是有情调的人，你可以相信他的“小小野”还蛮坦率，“小小坏”亦十分真诚。

事实上，每一个在意自己是否性感的人，都有一颗渴望狂野的心。

既不试图灭绝，也不试图繁衍，甚至也不图落地，只是单纯地藏好心中的“小小野”与“小小坏”。

有些事情不一定得去做，而是心中有些念想还是比较好吧?

只需要月光流经你的身体

月光之于胴体，就如橄榄油之于健美人士，瞬时就将人点亮了。各自想像一下人在清澈的溪水中，溪水顺着身体，拨开头发，经由双肩分开，漫过身体，抚摸四肢。再想想月光安缓、静谧地流经抱卧在一起的谁谁谁，明天还重要么？

男人不是真的需要女人，只是需要香水漫过她们的身体，散发出的甜香。

男人真的不需要月亮，只需要月光流经你的身体，波光潋滟在我的心上。

美好之物都是易逝的，好女人就如同深嗅不尽，却又旋即消散的香氛。

美好的感觉无法凝固，月光曲再多么优美地吟诵月光，老去的毕竟已老去，而且那夜特别的月光已无迹可寻。

多想在这个银装素裹的冬日，接一片雪花于我的舌尖，当作圣诞礼物，吻赠予你。

你真的是要远赴天涯，那就让我隔空欣赏你吧！

你这旷世的红颜。

被爱的人“祸害”

本来是闲生漫活、悠哉乐哉的一个人，装进了爱情这个芯片，整个生活都改变了，像是一台内存不够、安全性能不好、运行不畅的组装电脑，令人挠头。从事实层面观察爱情，可以得出这样一个结论：寻爱就是找虐。

相爱太漫长，可否先让肌肤相亲？

你是这么样一个我问你三句话，你都难得搭理一句的一个人。你的少言寡语，是我的苦不堪言。

让我吻开你的沉默吧，像吻醒一朵花。

异性间的打情骂俏至少可以暂时填补一下各自的寂寞。但在公开场合你与别的男生如此这般，我是不愿见的。

我有时也会动手动脚，但根本不是蓄意调戏你，而是你的身体让我自动患上了多动症。

你无从知道，手足无措的我憋得多难受。

你怎能将我缠着你粘着你当成“祸害你”？

就算是祸害，被爱的人“祸害”，总比你一直将自己闲着强吧？

令人心惊肉跳的快感

异性摩挲之美，值得像品咖、品茶那般用心。异性之间，无论心的串接，还是身的并联，快感的峰值当在接通的瞬间。爱的电光火石，使身心瞬间过电，世界都被点亮了。普天下的快乐都无出其右，那是一种令人心惊肉跳的快感！

除了爱情，这世界上还真没多少东西能给人身心带来舒爽与温暖。
身体的舒爽与温暖，多半来自丰腴而不肥胖的异性的身体。
真想有个不限时的拥抱，真不需要别的，甚至一句话都不需要。
只要能揽你入怀，霎时就有抱住了整个世界的感觉。
有多少人像我这样，需要从毫不松懈的拥抱中吸取力量呢？
只要能够全身心投入，一个不限时的拥抱就能给人心惊肉跳的快感。
这还使我觉得：肉体的纠缠好过心理的纠结。

13 好色

贼心与贼胆

好多人都是花痴，见到长得好看的人立时就迈不动步子。人为什么会好色？好色源于性，属于“性”的溢出效应。欲求之，艳遇之，自然“呆若木鸡”。网上有几个有趣的问答：“好色会遗传吗?”“当然会啊！不好色的都死掉了呀!”“如何能好色但不贪色?”“始终保持有贼心没贼胆的人生态度。”“如何能做到好色但是又不显得猥琐?”“长得帅。”“长得帅”真是好，既可以增强自信，还能作为“好色”的掩体。

“好色”是增进美的事业

那么多人以异常不屑的语气唾骂“好色之徒”，好像是不知道这也是在骂自己。设若是个人而不好色，那“审美”这个词是什么意思？食色者，性也，人之共好。好色，而不猥琐，斯是雅好。

“我观察了很长一段时间，发现我男朋友很好色。眼睛像是个摄像头，不停地扫描漂亮、性感的女人。”

这有什么好大惊小怪的呢？男人不是差不多都这样吗？

有些人看起来正人君子一点，那也不过是刻意掩饰，假装正经，或者自惭形秽！

男人总是不由自主地找寻女人身体上美丽与性感的部分，女人也渐渐习惯了男人这样的审美。聪明的女人会在男人欣赏的眼光中受到启发，依据男人的喜好打扮自己，从而招惹更多的男人喜欢自己。

男人好色直接使美色增值。或者说，“好色”是增进美的事业。

从这个意义上来说，女人似乎应该对那些真诚欣赏她们的男人心怀谢意。

女人若能虚心从男人“色迷迷”的眼神里，捕捉出自己身上的美点与性感点，并善加运用，比刻意地打扮或粉饰自己更有价值。

性感秒杀美丽

性感和美丽若能集诸一身，实乃人生之大幸。若二者不可兼得，得性感尤佳。美丽如花瓶，适合拿来显摆。性感如茶盏，可直接享用之。性感的疆域开阔得多，只是被荒疏太久，少有人注意开拓。人可能长得不美，但绝对有一块地方性感，那就是自信的源泉。

一众朋友去海边游泳，泳后坐在沙滩上欣赏美女。一哥们说：“哇，美女不少嘛！”另一哥们说：“美女不少，性感的不多。”再一哥们说：“性感的不多，高挑性感的更没几个。”

然后，一位陌生哥们冷不丁扔进一句话：“要那么高挑干什么？你够得着吗？我最喜欢袖珍的，腰细的，一只手可以捞起来的那种。”

于我心有戚戚焉。海滩上，有些人看到的只是俊男玉树临风，或是美女亭亭玉立，我看到的却是各种身材一起美好，丰腴肥美的，端庄标致的，清丽可人的，双腿瘦长的，腰肢不盈一握的。高矮各人喜，肥瘦总相宜，哪一种身材不是美好呢？

正是男人审美的眼光参差不齐，女人们的性感才不会被埋没，各花入各眼。

比起只可远观不可靠近的冷美人，男人更喜欢容易亲近的暖美人。后者有进一步亲近的可能，而前者只会让人却步。

与此类似，多么美丽动人也不如性感撩人。美丽吸“睛”，性感吸“精”。比起美丽吸引眼球，性是很挠人、抓心的东西。

如果男人在女人身上频密使用“可爱”、“性感”这两个词儿，而对其他只字不提，那可想而知她一定不是很漂亮，却是很勾人的那种女人。妖精为什么比天使更受男人欢迎？因为妖精性感，天使则圣洁不可触碰。

真诚地好色

“可以多看看你吗?”这样冒失的一句话，大大方方地说出来该有多美。饱餐之后，还可以双掌合一，闭上眼睛回味，默默致谢，静静感恩。四时漫长，花季短暂。花开正盛时有人识而藏之，也算是不负如来不负卿。

色既使人却步，又令人神往。色是世界上最好的东西，也是世界上最坏的东西。

色欲激活人的生命力，若是色心太甚，荒淫无度，又易将生命力耗尽。好色使人心理上永葆青春，生理上更富弹性，机能上更加灵活，可若是会诸频密的实践，则会加速衰老。

美色使男人成为贱骨头，爱情使女人成为贱骨头。

纵使如此，也未能阻止好色。好色之人如花丛中的蜜蜂，徜徉在鲜花丛中，悦在眼中，甜在心底。

“好色，总是不好的吧?”我的一位朋友最怕女人识破他是“色狼”，总是装得特别镇定。实际上，他每见到一位性感异常的美女都会特别紧张，心里瞬间升起的感觉，就像是有人在他心里打群架。唉，这是一只多么可爱、温驯、楚楚可怜的“色狼”啊!

“你看你的左边的那位美女，太漂亮了!”说这话的时候，他手搭在我肩上，极力镇定，面不改色，但他颤抖的手透露出他的亢奋与不知所措。而且他永远不会用手来指指点点，而是用简洁、准确的语言描述美女所处的位置与特征。他永远不要让外人，特别是女性朋友知道他好色。

其实，这有什么呢?我倒是觉得：遇美色而视若无睹，是对上帝的不敬。上帝造出美女，还不让人看的吗?我相信：真诚地好色，我们的目光中有欣赏，有温情，有友善。

不要相信男人坐怀不乱

坐怀不乱？哼哼，哼哼，你说有，那我也只能笑笑。若是争辩，那是自黑。想要坐怀不乱的方法也是有的，比如将怀中人想象成一个屎尿包，只是刻意如此的话，谁更恶心呢？

“你们说，现实生活中有没有坐怀不乱的人啊？”

一位女孩回答：“有啊！柳下惠啊！现实生活中也有啊，我男朋友就是啊！”

“你坐在他怀里，他竟然一点生理反应都没有？”

“没有啊！他一点非分之想都没有，所以我感觉跟他在一起特别安全。在他怀里我特别踏实，他表达爱的方式就是将我越抱越紧，别的啥都没有。”

大家沉默了好一会儿。

我心里窃笑，那个男生有没有生理反应你都知道么？又想：居然还有能使男人坐怀不乱的女人？这样的女人真失败。

作为男人，我不相信那些标榜自己坐怀不乱的男人。男人永远不要妄称对女人没有企图，就像一个刚吃饱饭的人不要声称不需要下一餐。

看见美味，我们的第一感觉是想吃。看见美女，男人的第一感觉是想揽入怀中。这似乎只是一种生理反应，与个人道德与品质无关。

在这方面，男人比女人纯粹得多。多数男人只图女人的色，不少女人图的不仅仅是男人的色。

色得上档次一点

君子爱财，取之有道。君子好色，不如不取。爱花有道的人，凑近了嗅一嗅，不会忍心去折一朵。上档次一点的“色”，就是这样不取之取，不折之折。

“你们男人啊！”一位职场女白领抱怨：“好色倒也没什么？能色得上档次一点行吗？成天就盯着女人的三围，成天就知道约饭约炮，难道不觉得女性的气质与内涵更值得欣赏吗？”

这位职场白领兼具美丽与性感，说出这样的话是有资格的，也是可信的。

有些男人其实并不懂得欣赏女人，甚至不懂得欣赏女人的身体。

他们只是看到她们嫩滑的肌肤，却感受不到肌肤之上那或清幽淡雅，或浓烈绵醇的令人沉醉的销魂气息，更觉察不到她们每寸肌肤上娇羞而隐秘的渴望。至于女性的气质与内涵，他们更是不在意。

每每，基本上有人体艺术摄影展，我都会邀约摄友们去看。

忽然一位哥们来上这么一句：“有什么好看的！画饼充饥罢了！看所谓人体艺术，不如看不艺术的人体。”

他的意思是人体即使不怎么艺术，或者与艺术沾不上边，只要是活生生的人，在身边站坐躺卧着，都比任何画着的好。

“活色”的女人，在男人的生活中不可或缺，“生香”与否尚在其次。

一半是品性，一半是本性

人是矛盾的复合体，纠结常有，也自有纾纠解结之道。例如在美女面前，克服了冲动，会自认自己的品性了得。而做了粗鄙下贱之事，也会觉得自己只是犯了“天底下男人都会犯”的错误，安慰自己说是动物的本性使然。

“我发现你们搞研究的可真无聊！搞什么事都上升到理论高度！难不成好色也可以上升到理论？”

将生活琐事都概括成某种理论，一位哥们儿异常鄙夷我们这种做法。他克制不住地愤怒，在饭局上居然真的发起飙来。

“当然啦！有理论才有内涵啊！你那叫什么好色，你那叫狗吃屎，动物的本能而已。懂不懂？”性急的另一哥们儿毫不相让。

确实，好色其实也可以是一种境界。据说动物也是好色的，譬如孔雀只为己悦者开屏。

但进入社会领域，好色还是离动物性远一点好。所以我说：好色一半是品性，一半是本性。

男人与好男人的区别是，好男人比较不好色。这句话的意思是好男人该有所节制，要留意对方的感受，避免引起对方反感。

美女一直是男人的心头病，非占有不可治愈。

然而，世上好女人千千万，岂是我们占有得完的？再说，占有并不是要完全拥有，也不是要一直拥有。

经历过、邂逅过、欣赏过，存在记忆中，不也是占有吗？

14 两性

男人的“痛点”，女人的“爱点”

张爱玲说：“上帝创造了男人是为了使他孤独，而创造女人是为了让他更孤独。”两性关系的鸿沟是永远无法填平的，男女也没法从实质意义上达到相同。安德烈·莫洛亚指出：“两性之间没有对于异点的互相接受，对于不同的天性的互相尊重，也便没有真正的两性合作。”关于两性关系及其不可逾越的鸿沟，席慕蓉说得很精辟：“让男人念念不忘的是感情，让女人念念不忘的是感觉。感情跟着时间沉淀，感觉跟着时间消失，终其是不同的物种，所以——谁又能明白谁的深爱，谁又能理解谁的离开?”

男人的“痛点”，女人的“爱点”

“认真的男人最美。”很多职场女性会对此有同感，因为认真里有力量、有坚持。力量人人都有，坚持下来却不容易。坚持的痛，女人最懂也最关注，因而也最易触发母性情结、最令她们心疼的地方，也就是她们的“爱点”。

“男人最吸引你们的地方是什么？”

“力量。”

真正优秀的男性，拥有一种一往无前的力量。成熟的女人爱慕这种力量，并期望从男人身上汲取这种力量，使自己的生命如花绽放。

“每每看到用心工作的男人，他们的抗压能力，他们的顽强意志与毅力，总是能激起我的仰慕与心痛。”

女人们深知，再强的男人也不可能一直都是英雄。总有精力耗竭的时候，这时便暴露出男人强悍外表下软弱的一面。女人迷恋这种软弱，因为这一面总能轻易激起女性的温柔。

在两性关系中，对方令人心痛的地方，令人感动的地方，往往就是女人爱慕的地方。

这些所谓的“痛点”，其实就是“爱点”。

使女人心痛的男人不是好男人，然而好男人往往令女人心痛。有些女人与其说有爱情，不如说是有母爱。她不是离不开这个男人，而是舍不得扔下眼前这个还没长大的“儿子”。

将爱你的男人小心轻放

有的女人一旦失恋了，为泄恨，往往将男人做的“丑事”“变态事”和盘托出。这样做，若那男人不是真的罪不可恕，就不太厚道了。逞一时口舌之快，泄一时被弃之恨，日后可能会后悔。人家在相爱的时候啥也不隐瞒你，都说给你听，那是何等的信任！

性的美妙给人不真实的感觉，为了留住这种不真实感，只能不停地保持住这种状态。

在性关系中，每次进入都是一种被掠夺，而得到的是虚幻的体感。性就是这样一点一滴、无休无止地将人的精气掏空，借以美妙之名。

男人若是不能超越色欲，在他们所倾慕的女人面前，就是永远的奴隶，而且会输得很惨。

对于他爱的女人来说，男人身心有无数个“怕点”。老是挠不着女方的痒处，也是男人身心中的一怕。对于男人来说，做爱简直就是捍卫男人自身尊严的战斗。

所以，永远不要质疑男人的生理能力，他们说什么因为太累，因为营养跟不上，你一定要全盘相信。给男人留足“面子”，他才会有信心添足“里子”。

男人其实也挺可怜的，他们有限的隐私，已是仅有的尊严。

所以，请将爱你的男人小心轻放。

所谓“与美好在一起”

“对不起，我只是想与美好在一起。”想接近一个人，被拒了，这是一句真诚、友善，而且对方听了也十分受用的道歉。殊不知，这句话中满满的委屈，可怜巴巴的撒娇，没准是挽回爱情的杀手锏呢！

某些男人每一次爱情都会全情投入，每次都是真爱。因为他正在爱的时候，真的不会“得陇望蜀”。

说他对爱情不忠，说他见异思迁，他其实很无辜。

这样的男人是无可奈何的，他们没有办法阻止自己爱上令他们心动的女人。

这么说吧，他们实际上不是爱女人，而是爱上美好这个概念，以及能够承载这个概念的一切事物。

男人眼中最理想的红颜知己是：没必要刻意去占有，但是永远也不会失去。

美女那么多，男人名义上、道义上、习惯上也只能占有一个。那么其余的，不能完全占有，占有一点点行不？

至少，总可以保持联系吧？

怎么理解“与美好在一起”呢？对于男人来说，首选的是与美女在一起。

若是上天赐予你好身材

最愚蠢的事情，莫过于老盯着别人身上的优势部位，却对自己身上的优势部位一无所知。就像一棵果树，为另一棵同样的果树上的果子陶醉，却忘记了自己也结了一模一样的果子。

美女对丑女不怎么在意，而丑女对美女则如鲠在喉。长得好看的女人，外貌会带给她们加倍的自信。长得不好看的女人，外貌会带给她们加倍的自卑。

女人最重要的职责是美。若无外在美就得气质美，若无气质美就得心灵美。若是心灵也不美，那上帝一定在惩罚她。

女性若拥有骄人的身材，自己却浑然不觉，那真是特别可惜，不过也更加可爱；并不觉得自己有什么，散发出这样淡泊的气息使女性平添妩媚。

我遇到过不少身材骄人的女孩。当我指出她们可以从身材方面找回自信时，她们表示很惊异。

“是吗？怎么没听别人说过！我父母就是觉得我长得碍手碍脚的，在他们眼里我真是一无是处啊！”

女性若拥有骄人的身材，自己却并不特别看重这一点，明明可以靠脸蛋吃饭，却要与人拼才华，这样的女孩当然更加可爱，但仍然十分可惜，因为她没有发现生长自信的土壤。

上天将好身材恩赐予你，该好好利用才对啊！

蜡像美人

就像名贵的树木或者药材遍身是宝，只要有温暖、有情调，任何人也都是这样的宝物。

女人本就是天生天造，是大自然献给世界的礼物。女人的各种美应该尽量顺其自然，尽量少一些“人造”。

比起动刀子的“人造”之美，我更认可不动刀子的“心造”之美。

特别是在青春年少的时候，若非职业要求，多数人不需要化妆。一丝浪漫的青春气息，胜过涂抹一脸的脂粉。不化妆是需要资本的，年轻就是不化妆的资本。

即使化妆，也最好淡妆，不要弄巧成拙。

我见过不少女性，无论是长相还是身材，都是值得赞赏的。可她们总是愁眉苦脸，忧心忡忡。你即使指出她们值得骄傲值得高兴的长相与身材，她们也不以为然。

“这有什么呀？跟大家一样啊！我没觉得啊！”

可见，长得好看也没啥用，若是她们自己看不到这一点，就不能为她们增添自信。而不自信的女人，是很难散发出动人的魅力的。再怎么样的天生丽质，对她们来说与“蜡像美人”无异。

为什么会这样？因为没有觉悟到。觉悟有光，能觉悟到自己的美，就能点燃自信。

“最痴心”的与“最决绝”的

女人真要离开你，十四马也追她不回。因为她知道回头也没用，最痴情的时候心已被掏空。有的男人专找女人的软处捏，对待人家还不如陌生人。等到将女人的心捏碎了，“最痴心”的就变成“最决绝”的了。

女人爱男人是从整体上把握的，只要深爱着，男人的缺点都能被忽略，或者视而不见，或者见而不恼。

男人爱女人是分析性质的，爱得再深，也能看到对方的缺点。在爱情尚存的时候，男人能容忍这些缺点存在，可以长时间不去触及。

女人爱男人时，感性多过理性，不足之处也照单全收，全不计较。

女人容易被男人的示爱细节所感动，殊不知越是会经营这些细节的男人越不可靠。

谁能保证他不将这些小关怀与小浪漫拿去讨好另外一些女人呢?

女人不爱男人时，理性多过感性，不爱就是不爱，心马上死了。

所以，最痴心的是女人，最决绝的还是女人。

女人因美貌带来的满足感，与男人因成功带来的幻觉快感类似，都只是暂时性的。

花无百日红，人生并不总是好时光。

当女人发觉自己不再年轻貌美，被迫将外在的审美转向内在的审美时她们方始真得解脱，而且自感仿佛是精神境界升华了。

欣赏男人的“木讷”

有的女人抱怨自己的男人木讷，其实是不懂欣赏，会欣赏的话木讷是金。世上最不缺、也最为讨厌的，就是自以为无所不知的男人。木讷的男人，爱你在无声处，念你在无声处。

男人必须木讷，木讷是男人的一种不是能装出来的优秀品质。

女人可以说很多话，但男人应该做到惜话如金，或者干脆什么也别说。

男人的成熟主要体现在有独立的思想并知道如何坚持，女人的成熟主要体现在有独立的思想而懂得如何放弃。

女人是不应该也不能被男人了解的。不应该被了解是因为了解越多新鲜感就越少，不能被了解是因为男女各方面差别巨大，如隔阴阳二界。

有些女人无视与男人性格、生活习惯和价值观的不同，深信爱会改变一切。其实，想要改变这些业已形成的本性难乎其难。

一般来说，只能改变那些可以改变的，改变不了的部分不如试着去适应。

对“狐狸精”的爱恨情仇

古代有个毁三观的传说，称那些顺从世俗欲望而渡众男的荡妇为“锁骨菩萨”。因为她以身体布施，因而死后受到人们的膜拜。女人所排斥的“狐狸精”，男人却暗恨不能遇到。

淫荡的女人为传统道德所不耻，但奇怪的是，这样的女人仍然能够吸引相当一部分男人。

人们对于妓女的情感也很复杂，往往瞧不起妓女。可正是妓女身上被她们瞧不起的那些方面，如淫荡、变态、放纵、直来直去、甘于作贱自己等为淑女所不耻的品行，使男人流连忘返，并且，使良家妇女在“爱情保卫战”中轻易就败下阵来。

男人喜欢的女人是“妓女”和“圣女”的结合。可是哪个女人不是这样的呢？只要她们不持偏见不屈服世俗，愿意遵从内心的感觉，扪心自问并循心而为。

天底下的男人都害怕狐狸精，天底下的男人都心仪狐狸精。你信不？

天底下的女人都唾弃狐狸精，天底下的女人都暗恨自己不是狐狸精。你承认不承认？

我这后一句话可能太武断了，一棍子打翻一船人。

天底下就有这样的“咄咄怪事”，你信或者不信，你承认或者不承认，它就一直在。

“肤质主义”

文化的差异使各民族对皮肤颜色的喜好明显不同，有的喜欢米粒色，有的喜欢古铜色，中国人喜欢白里透红。但是，对皮肤的欣赏若只停留在颜色层面上，未免肤浅。皮肤的弹性、温度、触感，都可以是我们快乐的源泉。

女人柔软的心肠最能打动男人，但柔嫩肌肤更能使男人折服。

如果说女人是“物质主义者”，看重男人的财富，男人则是“肤质主义”者，看重女人的肌肤。

对于女人来说，谁比谁看着“更嫩”是个敏感的话题。

按“风情度”分级，女人有三类，清纯的，假装清纯的，假装不清纯的。

为什么会有假装不清纯的呢？这一般是少女所为。想当“御姐”、“熟女”式的人物，想表现得风骚、热辣一点，本来很单纯，却又怕给别人留下不解风情、没有情调的印象。

为什么会假装清纯呢？因为故作无知或无辜，是取悦男人的捷径。

越可爱的女人越长不大，越长不大的女人越可爱。

可见，卖萌是女人一生的事业。

每个“装嫩”的女人心中都住着她的童年。

女人只让你看哪面

内涵丰富的人，往往有好几个面向。“这个人，看不出哈?”有时候，你看不出，只是没用心看，或者那人并不希望让你看到。

只有一种神情的女人是单调乏味的，有魅力的女人往往有一张朦胧的脸，如山月轻笼于云雾之间。

每个女人都有很多面，关键是你想看哪面，以及她想给哪面你看。男人其实也是这样的。当一个人对你不感兴趣的时候，什么都不给你看。

不给她所喜欢的男人看的那一面，往往是其有所缺憾的一面。不给她所嫌恶的男人看的那一面，往往是其视若珍宝，只愿与最爱的人分享的一面。

哪一面都不愿给你看了，那就是明摆着的拒绝。拒绝也是讲个“知止”与“适度”的。聪明的女人会为值得的男人做足面子，善良的女人会为即使是不值得的男人也留足面子。

女人高贵的气质从学会温和的拒绝开始。亦且，好女人使时光变得优雅而又短暂。

美丽的女人会使男人安静下来，性感的女人会使男人蠢蠢欲动。

美丽且性感的女人，则令男人魂牵梦萦。

坏女人会使男人快速衰老，好女人有助于男人成长。更好的女人，会使男人重拾青春，返老还童。

追梦的女人

女人的梦想，不像男人的梦想那样狂野，一般都比较精致。所以，心有梦想的女人，梦想会照亮她。追梦的女人，因为低调而神秘，因为灵活而温润，眼里闪烁着星星般迷人的光芒。

“在你们男人眼里，什么样的女孩才算是美丽的呢?”

一位女孩想了解男人的想法。

“外表漂亮的女孩肯定是美丽的。”我回答。

“那外表不漂亮就不美丽了?”她质问道。

“你觉得呢?”我将球踢回给她。

“你不知道还有心理美么?”她有些愠怒。

“知道。但是我看不见。”我半是逗趣地回答。

对于女人来说，外表美是硬道理。

但有的“外表美”可能只是“看着美”，在人们心里并不一定“感觉美”。如果这个长得美丽的女孩言行丑陋，人们心里的感觉可能像品尝一道美餐时吞下了苍蝇一样。

美丽的女子若没有高贵的内在，她外表的美丽反而使人觉得是个缺憾。因为人们会想，这么美的外表配搭上一颗美丽善良的心多好!

再来补充回答一下“什么样的女孩才算是美丽的”。

我觉得，追梦的女人是美丽的，一直追一直美丽。

纵使梦想永远无法抵达，追求梦想的女人比那些断了凡尘俗念的女人，还是多出了一百倍的生趣。

长得七八分好看是福

退而求其次不是放弃，而是获得更多。这是太需要掌握的智慧，几乎可以运用到人生的所有方面。设若你的标准是十分，只需再降低两三分，人生就豁然开朗，束缚你的一切也将减弱。学会对生活只做七八分要求，这世界就顺心多了。学会欣赏长得七八分好看的人，这世界就养眼多了！

女人拥有美丽就可能拥有她想要的一切，拥有一切的女人却不一定能拥有美丽。

美丽是女人的敲门砖。

有些美丽的女人和帅气的男人，也就是美丽与帅气而已，美丽与帅气是他们的全部，你在其身上挖掘不出更多的东西，就像在贫瘠的沙地里找不出一块沃土。

凡是十分完美的东西，适合拿来赏玩而不适合拿来生活。无论男人女人，长得七八分好看是福，长得九十分好看则可能是祸。

年轻貌美的女人心地善良，男人们就肃然起敬，自然会收起色心。年轻貌美的女人如果心地不善良，男人们则会敬而远之。

但是，也可能对这样的女人更色，因为觉得可以粗俗地对待她们，认为她们只配得上粗俗的对待。

只要人贱，就不愁吆喝不来贱人。

嫁给诗人的风险

有所得，必有所失。嫁给谁没有风险呢？嫁给谁取决于你到底想要什么，那个人给不给得了你，同时还要考虑对方的需求和自身的魅力。最可悲的莫过于嫁给了爱情诗人，诗人却从不给自家女人写情诗。

“嫁给诗人会有风险吗？”

一个女孩爱上了一位诗人兼摄影师，他经常给美女拍照，兴致来了还会为照片免费配诗。

这个女孩难免有些担心。

这种担心不是没有道理的，因为摄影师能在所有的女人身上发现美点，诗人能在所有的女人身上发现灵感。而恰好，这个女孩的男朋友既是诗人，又是摄影师。

一些绝色女人，会使画家感到懊恼，因为画不出比她们的身体更鲜活的画。

一些绝色女人，会使诗人感到沮丧，因为写不出比她们的身体更美艳的诗。

女人的美丽与优雅，可成为诗人、画家的灵感之泉。然而，他们宁愿以丧失其写作、绘画技能为条件，换取对她们的占有。

不得不说，嫁给诗人与艺术家，是件风险比较高的事情。

不过，有什么办法呢？

自古“郎才”配“女貌”，才子配佳人，本就是天赐之作。

诗人的爱像乌贼

诗人就像向日葵，眼睛总是向着阳光，一点儿都不接地气。其实，男人心中还有一个太阳，那就是女人。没有女人，诗人就难得有灵感。

女人说："永不相见，我便是你心底最好的那一个。"

诗人说："我不愿做你永不相见的最好，只想做你随叫随到的最坏。"

好像诗人一生就做两件事，或者煽情，或者滥情。再或者，这两者根本就是一回事。

诗人起始都是很纯真的，受过伤了，便沉沦了。可见，诗人的滥情或许是情有可原的。

情有可原的另一个理由是，诗人需要持续不断的灵感，任何一个女子都给不了他要的全部。谁有见过真正的诗人只为一位女子写诗吗？

与诗人谈一次恋爱，或者有一位诗人为自己写诗，应该很多女性都有过这样浪漫的幻想吧？

无法想象没有女人的诗人，没有女性激发出诗人的灵感，诗人还能写诗么？

其实，好女人本就是一首诗。诗人有幸遇到这样的好女人，好好诵读就行了，还写什么诗呢？

诗人的爱像乌贼，主体部分的爱可以停留在某位女子身上，但爱的触须却要伸向四面八方。

爱上诗人，就踏上了看不到尽头的"幸福苦旅"，这是一种注定没有结局的浪漫。

女人只将男人当孩子

女人只将男人当孩子，是其母性使然，这当然好。问题是女人还将自己当公主，谁来养谁就是个问题。幸好“公主梦”一般破灭得比较早，“公主”是爱幻想的女人一厢情愿地给自己加的冕。

有些看起来没心没肺、大大咧咧的女人，她们不是什么都不懂，只是懒得说出来。

一旦她说出来，会使最资深的哲学家也感到汗颜，更会使一向自以为是的男人羞愧难当。

“女人是男人的学校”，此言不虚。有时候她们的直觉、高贵、优雅使男人惭愧，她们对人生与生活深刻的洞悉，能把你三观推倒重来！

女人要是深刻起来，真是能将男人埋得不见影儿。幸好她们只偶尔深刻。

当男人说大话、夸海口的时候，只有女人看得见男人心里的苦。然而女人还会笑意盈盈地听着，似乎真的很入神。

男人有所不知的是，女人早就对男人自我吹嘘的内容不感兴趣，而是在欣赏男人自负时一张天真无邪的脸。

只有男人将自己当男人，女人只将男人当孩子。

女人一生中两件最有成就的事情：一是将小孩养育大，二是将自己的男人调教成一个可供自己娱乐的老小孩。

母性发展良好的女人，有惊人的溶解与吸纳能力。她能溶解一切仇怨与苦难，能吸纳一切羞辱与伤害。

女人的直觉与幻觉

不少老男人有钱有闲也不敢去撩惹女孩子，不是害怕别的，而是害怕女人的直觉。男人稍有异想，女人就能收到相关信息。女人对环境噪声尤其敏感，有没有另一个女人在，只需要打个电话来验证。

女人的直觉是一种非凡的洞悉力，非男人的智慧所能及。而且，女人不会轻易否定她们的直觉，除非有确凿的事实与证据证明。

不过，女人常常只有直觉上的深刻，却无法摆脱思想上的肤浅与观念上的幼稚。

譬如，迷上男人，女人的智力便被局限在这个男人身上，从此丧失了判断、分析、思考问题的能力，唯余异常强大的想象力。

到了这一步，女人异常厉害的直觉就完全失效了。

女人一直在设法了解所谓的“真相”，尽管她明知道真相很可能难以接受。即便是这一过程充满惊惧与惶恐，她们也乐此不疲。

女人若是天生浪漫，加上恋爱后智力被闭锁，直觉失效，就极易受男人哄骗。

女人依靠男人所给的幻觉为生，男人利用女人的弱点给她们制造幻觉。公平地说，男人也没有骗她，骗她的是自己的想象力。

女性的纠结

尽早放弃异想，收起心来踏踏实实过日子，岁月安稳，爱情无恙，确是比较理想的状态。年轻人常常不太在乎，也不怎么需要安全感，因为青春就喜欢打打杀杀，在爱情路上一路狂奔。然而，还是极早醒悟的好。

男人的天性是花心，女人的天性是浪漫。

在两性关系中，女人在大多数情况下都觉得自己吃了亏。

如果只爱女人的身，女人不甘心。

如果只爱女人的心，女人不乐意。

女人相信男人都是花心的，却又希望自己的男人是个例外。

换句话说，女人没把自己的男人当男人，于是在女人眼里，自己的男人就有了种种不是。

男人都是花心的，女人承认却不接受。

男人找女人，女人找爱情

女人常犯的普遍性的错误，莫过于错把男人当爱情，稀里糊涂地把自己给嫁了。女人的爱情理想是全天下优秀男人的聚合体，囊括了荧屏上她动过心的男人。她真正要嫁的是爱情的理想，根本不是面前这个缺点多多的男人。

与男人不同，女人比较看重情感生活，她们似乎只有生活在情感世界中才会幸福。

同时，正是由于生活在情感世界中，她们才遭遇那么多的不幸。

男人更多关注女人各有千秋的姿色与风韵，女人则更多关注男人独特的内心世界。

男人爱女人的具象的肉体，女人爱男人虚幻的情感。

男人终身想找可以怀抱的女人，女人想找可以终身依靠的怀抱。

男人爱的是女人本身，女人爱的是爱情本身。

男人的灯塔是事业，女人的灯塔是男人

“讲什么事业，讲什么理想，我啥也不要！我的事业就是你，理想就是将你当一件衣服给穿了！穿一生，穿破，穿得补丁摞补丁！”若是恋人能对你说出这样拆骨碎心的话，你不重事业、不重理想，拿什么去报答对方的痴情与忠诚？

除了男人，世间值得喜欢的什物甚多。可不少女人骨子里只喜欢男人，只为男人而活，舍此别无他求。

如果说这些女人活着还为了别的什么，那最终也是为了男人。

可见，男人成了这类女人的宗教。

女人是男人的动力，也是世界进步的引力。

世界表面上属于男人，但实际上男人只是纤夫，女人通过牵引男人拉动世界。

大多数男人的心中有一座理想的灯塔，是事业。大多数女人心中有一座理想的灯塔，是男人。

因此，没有事业的男人和没有男人的女人，是非常危险的。毕竟如若灯塔熄灭，世界便是黑暗的。

男人的“贱劲”与女人的“贱劲”

男人的“贱”，与女人的“贱”方向性不同。婚前，男人往女人肉体上“贱”，女人往男人灵魂上“贱”。婚后，女人往自家男人身上“贱”，男人往别的女人身上“贱”。

在男人眼里，女人的肉体本身就是爱的理由，值不值得倒在其次。

女人的身体是男人的宝藏。只要愿意，男人都能从女人身上找到想要的宝物。

没有比女人不能自持更美妙的姿势，也没有比男人不能自持更丑陋的姿势。

男人只想用谎言骗女人一夜，女人却想用谎言骗男人一生。

凡是男人喜欢的东西，女人总是守不住，她自己的身体也不例外。

男人总以为女人别有用心，女人总以为男人居心不良。

男人在追求女人时下“贱劲”，女人在挽回男人时下“贱劲”。

男人的生理需要永远在女人之内，男人的心理需要永远在女人之外。

剔除道德与审美因素，男人不是不想骚扰女人，是怕麻烦。女人不是不愿被男人骚扰，也是怕麻烦。

异性友谊有点玄

男人和女人确实希望能保持纯洁的友谊，但是异性之间天然的性吸引力却形成了巨大的干扰，而且这种干扰波无法清除干净。异性之间最为纯洁的友谊，一般存在于两种情况：要么自己太忙没时间想，要么对方太丑没心思想。后一种情况就是人们通常所说的："只要长得丑，四海之内皆朋友。"

有位女孩子的男友在参加同学会之后的一段时间里，变得异常兴奋。女孩子查了男友的通话记录，发现他与一位女同学几乎每天都通电话。

"男女之间存不存在纯粹的友谊呢?"她专程跑过来请教我。

"男女之间绝对存在纯粹的友谊，若是对方长得奇丑的话。"这句话脱口而出，算是对她的回答。

"我还没有见过他这位女同学。如果真的长得丑，他们就应该不会发生性关系了吧?"

"性有时与长相无关，长得差一点不一定床上功夫差。"

"如果他的那位女同学长得好，但是人品还可以，应该就是友谊吧?"

"你们很多女性都欣赏柏拉图式的精神爱，但你们有所不知，男人实际上只与丑女保持柏拉图式的关系，却渴望与美女发生关系，哪怕只是一夜情。"

实际上，我还有一句话想说：对于男人来说，与美女一直"柏拉图"下去，简直就是煎熬与刑罚。

异性友谊的确有点玄。或许只有男人能超脱对对方的肉体需要了，纯粹的异性之谊才能真正建立起来。

直奔主题

直奔主题式的爱情，通常是快餐式的爱情，最适合男性。女人爱上男人通常是决定了再行动，所以步履相对迟缓。而男人爱上女人则是行动了再作决定，心急火燎。

男人以直奔主题的方式将爱情简单化，女人以直奔主题的方式将事情复杂化。

在男人那里，性爱与情爱分离得越彻底，爱便越纯粹。在女人那里，性爱与情爱分离得越彻底，爱便越不纯洁。

对我“有兴趣”与对我“有性趣”，似乎后者是更令男人兴奋的选项。

绝大多数男人能够而且愿意将自己委身于或分属于多个女人，而绝大多数女人则只需要全身心归附于一个她最爱的男人。

男人常为得到心得不到人感到遗憾，女人常为得到人却得不到心感到遗憾。

男人会后悔爱过谁，但不会后悔与谁做过爱。女人会后悔与谁做过爱，但不会后悔爱过谁。

女人会后悔与某些男人做过爱，男人会后悔没与某些女人做过爱。

“红颜阅尽”的后果

“红颜知己”是个中性词，进可以为情人，退可以为朋友。男人多数时候只愿相信本能，因为已为爱情所累、所伤，不愿意再相信爱情。与女人认为“为了爱赴汤蹈火也要在一起”不同，男人多数不欢迎爱情门口“野蛮人”的入侵。“红颜阅尽”之后，男人往往不会配合女人“婚姻起义”，大概率会自觉地“维稳”。

男人天然有一种想将女人诱引上床的愿望。

这可能是小时候享受母爱不充分，或恋母情结发展不充分引起的情欲缺陷。

幸运的男人一生中要经历无数个女人，但绝大多数女人留下的印象轻浅而飘忽，只有少数几个女人的印象会扎根心底。

不过，即使生下根来，当初的激动与惊喜已不复存在，只留下缕缕清香，随年岁渐飘渐远。

符合你审美趣味的女人越来越少，吻合你心理需求的更是难寻，这就是阅尽红颜的后果。

男人起始选择了美色，而当美色严重危及其自由时，他们最终选择了自由。

未免使人扫兴，但这就是男人。

高贵的女人懂得自控

所有稳定、持久、深厚的爱情，都不是暴风骤雨式的，高贵的女人更懂这个道理，在爱情的所有节点上都保持持重，步履缓慢而从容。高贵的女人不相信“风一样的男人”，也不愿望男人为她“赴汤蹈火”。她们按自己的方法烹饪“爱情”这道美味，只选择上好的食材，文火慢煲。

高贵的女人，是懂得自控的女人。高贵的女人不那么容易痴情、不那么容易犯贱。

对于女人来说，多情而又轻贱该多么不幸！多少多情而又轻贱的女子就像男人吸剩的烟蒂，被扔在地上还被踏上一脚，轻轻一踩一碾，残存的那点可怜的火星便没了。

话说回来，多情的人儿又怎能不轻贱呢？无论男人还是女人，内心里都是乐意被所爱的人虐的。

轻浮却不浅薄的女人，比浅薄却不轻浮的女人更有魅力。因为前者更加撩人，且更工于心计。

男人并不像女同胞那样讨厌工于心计的女人。只要女人能惹火，至于是怎么燃起的，男人根本不会去计较。

“我爱你”的真实含义

“草在结它的种子，风在摇它的叶子，我们站着，不说话，就十分美好。”这是顾城的诗。“你微微地笑着，不同我说什么话，而我觉得，为了这个，我已等待很久了。”这是泰戈尔的诗。“冰天雪地里，只要我们站在一起就是春回大地。但我绝不会说出你雪花般的名字，也绝不会说出，你想我说出的。”这是我的话。

女人总是爱男人的内心，男人总是爱女人的外表。

就是说，女人爱男人由外及内，男人爱女人则多半停留在外表，甚至有时还刻意忽略内心，嫌内心的沟通太累。

女人们需要注意的是，男人说出“我爱你”这三个字，可能不是爱情的声音，而是激情的声音，因为他们很可能是用身体在说话。

同时，不一定是男人想说的，而是女人自己乞求，或者逼出来的。所以，女人听到的是自己的心声，而并非男人真实的想法。

当男人说“我爱你”，很可能是表示“我也爱你”。试想，我爱你这样美好的字句，一生只能对你一个人说吗？

男人更关注女人的现在，女人更关注男人的未来。

恰好女人的现在和男人的未来都是易变的，所以两性之间的关心总是关心不到点子上，互相理解也如隔靴搔痒。

肉体的沟通是简单的，而心灵的沟通却很难。